新 潮 文 庫

絆 を 紡 ぐ

―人情時代小説傑作選―

池波正太郎　藤沢周平　滝口康彦
山本周五郎　永井路子

新 潮 社 版

11262

目次

絆を紡ぐ

人情時代小説傑作選

意気地なし

藤沢周平

藤沢周平（ふじさわ・しゅうへい）

一九二七―九七。山形県生れ。山形師範学校（現在の山形大学）卒。中学の教員、業界紙の記者を経て、七一年「溟い海」でオール讀物新人賞を受賞し作家デビュー。七三年「暗殺の年輪」で直木賞を、八六年『白き瓶』で吉川英治文学賞を、八九年、作家生活全体の功績に対して菊池寛賞を、九〇年『市塵』で芸術選奨文部大臣賞を、九四年、朝日賞、東京都文化賞を受賞。九五年、紫綬褒章を受章。九七年、山形県県民栄誉賞を受賞、鶴岡市から「顕彰の記」が贈られた。二〇一〇年、「鶴岡市立藤沢周平記念館」が開館。

一

両親の声がしている。

聞くともなしに聞いているうちに、おてつは布団《ふとん》の中で眼が冴《さ》えてしまった。

「身よりが誰もいねえってんだから、奴《やっこ》さんが弱るのも無理はねえわな」

「でも誰もいないってのは、おかしかないのかい。木の股《また》から生まれたわけじゃあるまいしさ」

と母親のお勝が言っている。

「いやそうじゃねえ。十三かそこらで遠国から出てきて、こちらで所帯を持ったわけだ。国は越後《えちご》だっていうから、そこへ帰れば、そりゃ誰かいるに違えねえさ。だがさしあたって、江戸に頼れる人間はいねえってことよ」

「死んだかみさんの身内もいないのかねえ」

「それはいる」

と父親の長作は言った。

「なんでも四ツ谷の方で商売をしている家らしいや。それが親の許さねえ何とかで、所帯を持ってからは行ききしていねえ。だから、お通夜《つや》にも誰も来ねえし、葬式には、姉だという人が一人来たには来たが、長屋の連中にもろくな挨拶《あいさつ》もなしに帰っちまったという話だ」

「子供が可哀そうだよ、子供が」

「だからあれも、仕事に行く気にもなれず、ああしてぼんやりしているわけよ」

「とりあえずお乳は、お増さんがやっているそうだけど」

「そうか。そいつはま、よかったじゃねえか」

おてつの眼に、一人の男の姿が浮かんでいる。いつも日焼けが醒《さ》めないような黒い顔をし、細い眼が哀《かな》しげに見える無口な男である。年は二十七、八。男は十日ほど前、女房に死なれ、両腕に乳呑児《ちのみご》を抱えてしょんぼりしている。そうでなくとも優しく、もの哀しげな眼がいまにも泣き出しそうに見える。男の名は伊作。腕のいい蒔絵師《まきえし》だというが、おてつには若いのに何となくじじむさいだけの男にみえる。

両親の話すのを聞いていて、その理由が解《わか》ったような気がした。要するに田舎者なのだ、あの男は。朝出、居残りで律義《りちぎ》な稼ぎぶりだったのも、そのせいなのだろう。気の毒だとは思うが、男に同情する気は起こらない。人には言えないことだが、おてつは男の死んだ女房おちせが、あまりほめた女でないことを知っている。それに気づかずにせっせと働きづめだった男に、軽い軽蔑《けいべつ》の気持すら持っている。哀れな男に違いないが、そう思う気持の底に微《かす》かに腹立たしい気分が沈んでいる。

ただ、子供は可哀そうだった。乳離れにまだまだ間のあるその女の子は、おけいと名付けられているが、日がな一日泣きわめいている。親の顔も知らないなりに、乳をくれるものがいなくなった感触が解るのかと思うほど、泣く。おとなしいのは、同じ長屋のお増の、やや皺《しわ》ばんではきたものの、大きさでは若いものにひけをとらない乳房を握っているときだけのように見える。

お増はつい半年前子供を産んだばかりだが、その子が八人目である。四十になってまた腹が大きくなったときはさすがに、「ほんとに恥ずかしい」などと言い言い、裏《うら》店《だな》の連中の顔色を窺《うかが》う様子だったが、裏店のものはまたかと思っただけである。このお増が、おけいを引きうけて、両方の乳房に、息子の斧吉《おのきち》とおけいを吸いつかせているのを、おてつも見た。

「いま帰ったぜ」

戸が開いて威勢のいい兄の声がした。

「あれ？　おてつはもう寝ちまったかい」

どしんと畳に尻《しり》を落とす音が聞こえた。お香こだけでいいよ、お茶漬を喰いてえんだ、とお勝に言っている。

「一ぺえやって来たんだ。仕事場に作次がやってきてよ」

おてつはどきりとした。作次は兄の藤太郎の兄弟子だった男で、おてつの婚約者のような形になっている。川越に大きな仕事があって、ひと月ほど江戸を留守にしていたのだが、やっと帰ってきたらしいと思った。

作次は姿がいなせで、男らしく引き緊《しま》った顔をしている。その顔を思い浮かべるとき、おてつの胸は、擽《くすぐ》ったいような気恥ずかしいような思いに誘われる。作次と藤太郎は二人とも大工である。南本所の三笠町に住む清五郎という棟梁《とうりょう》について、作次はもう鑑札をもらって、浅草三間町の与兵衛という大工に勤め、藤太郎はいま清五郎の家でお礼奉公を勤めている。

「川越の方の仕事が終って、今日帰ってきたばかりだというから、帰りがけにちょっと飲み屋に寄ってきた」

「家《うち》には来ないのかね」

とお勝が言っている。相弟子のころに、作次はよくおてつの家を訪ねてきた。作次は北本所に住んでいるが、早く母親を亡《な》くして父親と二人暮らしだった。

そういう作次の境遇がわかると、お勝はご馳走《ちそう》を喰わせたり、綻《ほころ》びを縫ってやったり、息子が二人いるように世話を焼いた。そんなつきあいの中で、娘むすめしてきたおてつを、作次の嫁にという空気が自然に生まれて、去年の暮にははっきりと話が決まったのである。作次の父親も喜んでいた。秋には親方の清五郎を仲人に頼んで、小ぢんまりと祝言《しゅうげん》を挙げようということになっている。

「それが次の仕事が待っていて、明日からそちらにかかるので、そのひまがない。それで川越のおみやげだなんて、これをくれたぜ」

「おや、まあ」

紙をひろげる音がした。

「いい柄じゃないか。おてつが喜ぶよ」

作次が反物かなにかをみやげに買ってきたらしかった。作次は物言いもさっぱりして、男らしい気性だが、がさつな男ではない。そういう優しさを持っていることは、これまでのつき合いで解っている。

おてつを幸福な感情が包む。おてつは布団の中で、のびのびと手足を伸ばした。三月の夜は寒くはない。若い身体《からだ》に、微かな火照《ほて》りが宿っている。

作次はいつ来るだろうか。

「それでいつ来るとは言ってなかったかい」

「うん、今度の休みに必ずくるって言ってたぜ」

「おてつは、ま、いい相手が見つかってしあわせだぜ」

長作の声がして、続いて大きな欠伸《あくび》の声がした。

その欠伸に誘われたように、おてつに眠りが兆《きざ》してきた。赤ん坊がまた泣いていると思った。そう思っただけで、おてつは小さな欠伸をすると、眼をつぶった。

二

立ち止まったのは、赤ん坊の泣き声があんまりひどかったからである。火がつくように泣いているが、誰かがなだめている様子でもない。

おてつは戸を開けた。家の中は赤ん坊の泣き声だけである。

——ほったらかしで出かけたのかしら。

おてつは上《あが》り框《がまち》ににじり上がって、突き当たりの障子を開けた。

男の黒い背が見えた。伊作である。伊作は胡坐《あぐら》をかいて首を前に垂れているので、首無しの胴が坐《すわ》っているようだった。おけいが窓ぎわの小布団の上で、亀《かめ》の子のように手足を縮め、真赤な顔をして泣き喚《わめ》いている。

「ちょっと」

おてつは呼んだ。伊作があわてて振り向いた。赤ん坊の泣き声で、障子が開いたのに気づかなかったらしい。

「………」

おてつはバツの悪い顔になった。伊作の眼は真赤で、鼻のわきに涙のあとがある。泣いていたらしい。悪いところを見てしまった、と思ったが、すぐに腹が立ってきた。

――なんて意気地ない男だろう。

「どうしたんですか。そんなに泣かせて」

おてつは思わずなじるように言った。

「へい」

「おなか空《す》いてんじゃないですか。お増さんには行って来たんですか」

「へい、まだで」

「だめでしょ」

おてつは叱《しか》りつけるように言った。ごめんなさい、とも言わずに部屋に上がりこんでしまった。

おけいを抱き上げて、指をしゃぶらせてみた。すると、おけいは泣きやんで驚くほど強い力で指を吸った。

「ほら、おなかが空いてるんだわ」

それが乳首でないとわかって指をはなすと、おけいは、前にも増してぎゃっぎゃっと声を張りあげて泣き出した。

立ち上がってきた伊作の脇《わき》をすり抜けながら、おてつはふくれっ面《つら》で言った。

「あたしがお増さんとこに連れてってあげますよ」

じっさい腹が立っていた。やもめだかかもめだか知らないが、一人前の男が赤ん坊のお守りひとつ出来ないという話は聞いたこともない、と思った。おまけにどこの世界に、子供と一緒になって泣いている父親がいるものだろうか。

「ほんとに腹が立つねえ。おけいちゃん、あんたあんなお父ちゃんと一緒じゃ、いまに干ぼしにされちゃうよ」

おてつは力強く泣き続けているおけいの、赤く膨らんだ頬をつついた。

お増はちゃんといた。すぐにおけいに乳を含ませながら、

「遠慮してんだよ、あのひとは」

とお増は言った。

「乳なんか、このとおりたっぷり出るんだから、遠慮なぞいらないってのによ」

「そうかしら」

「そうさ。おとなしいひとだから」

「おとなしいも時によりけりだわよ。ねえ、おけいちゃん」

おけいは夢中になって、お増の乳房を両掌《りょうて》でつかみつかみ乳を吸っている。

「見ちゃいられないから連れて来たんだけど、あたし出しゃばったかしら」

「そんなことはないよ。てっちゃん、あんたからも言っとくれ。遠慮なんかこれっぽっちもしなさんなって」

腹がくちくなると、現金なものでおけいはとたんに機嫌よくなった。ちょっとあやすとすぐけらけらと笑い出す。可愛らしかった。

おけいをあやしながら、おてつは伊作の家に戻ったが、おしめがひどく臭いのに気づいた。

「おしめ出して頂戴《ちょうだい》な。かえてあげますから」

おてつと子供を迎えて、のっそり立っている伊作にそう言った。伊作はあわてて隣の部屋からおしめを出してきた。

開いてみると、子供の股ぐらはすっかり汚れてひどい臭《にお》いだった。股ずれが出来て赤くなっている。小まめにとり換えていない証拠だった。

「濡《ぬ》らしたままにしておいちゃ、いけないんですよ。ほら、赤くなってるでしょ」

とおてつは言った。伊作は膝《ひざ》をそろえてかしこまっている。

「お店の方は、あれからずうっと休んでるんですか」

おてつは黙っているのが気詰りで、手を動かしながらそう言った。

「へい。こんな有様なもので」

「でも、いつまでも休んでいるわけにもいかないでしょ」

「そうなんですが、弱っちまいました」

伊作は溜息《ためいき》をついた。おてつはちらと伊作を見た。暗い顔をして、途方にくれているように見える。

——じっさい、子供がいてはどうしようもないかも知れない。

おてつは、少し男に同情が動くのを感じた。

「お店に、赤ちゃんを背負って行くということは出来ないんですか」

「そういうわけにもいかないんで」

「向うにお乳をくれる人がいればねえ。背負って行って、あとはお店に預かってもらうといいんだろうけど」

「店のかみさんは、子供が嫌いな人ですから」

「お、よし、よし」

おてつは下を換えてもらって、機嫌のいい笑い声を立てたおけいをあやした。

「おかみさんの実家《さと》の方は、どうなんですか」

「…………」

伊作は黙ってうつむいている。

「それじゃ困ったわね」

おてつは言ったが、少し深入りしすぎた気がした。立ち上がったおてつに、伊作がもぐもぐと口籠《くちごも》りながら、お礼らしい口上を述べた。

家の前まできて、おてつは立ち止まった。ぎゃっ、ぎゃっと泣き喚いていたおけいの顔を思い浮かべていた。そして折れるほど首を垂れて泣いていた伊作の姿が浮かんでいた。

——じっさい泣きたいほどなんだろう。

と思った。あの時は、意気地のない男だと思ったが、伊作もどうしようもなく困っているのだ、ということは察しがついた。

おてつは足を返した。

伊作の家の前まで来ると、あー、あーと何か喋《しゃべ》っている赤ん坊の声が聞こえた。

戸を開けると、米をといでいた音が止《や》んで、台所から伊作が顔を出した。

「おけいちゃんは、あたしが預かってあげますよ」

とおてつは言った。伊作は細い眼をみはっておてつをみたが、あわてて手を振った。

「そんなことは出来ません、おてっちゃん」

「だって、このまんまじゃいつになってもお店に行けないでしょ？　そうしたらどうなるんですか。赤ちゃんと一緒に干ぼしになっちゃいますよ」

伊作はうつむいたが、すぐ顔を挙げた。

「でもそんな迷惑はかけられません」

おてつはつとめて気軽な口振りで言った。

「昼の間だけだもの」

「家には、おっかさんもあたしもいるんだし。おけいちゃん一人ぐらい面倒みられるのよ。お店から帰ってからは知らないけど」

三

向両国の広場で、小屋掛けの軽業をみてから、おてつは作次と連れ立って両国橋を渡った。

橋を渡ると、作次は川端を左に曲った。その先から薬研堀《やげんぼり》のあたりは、水茶屋や寄合茶屋が並んでいる。並んで歩くと、作次は背が高く姿がよく、おてつは誇らしいような気持になった。しばらく見ない間に、作次には腕のいい職人らしい貫禄《かんろく》さえ加わったようだった。

「一寸《ちょっと》その辺で一服して、それからぶらぶら上野の方に行ってみようじゃないか」

「ええ」

「池《いけ》ノ端《はた》に、生きのいい魚を喰わせる店がある。そこで晩飯でも喰おうや」

と作次は言った。おてつはちらりと作次の顔を見た。上野とは遠いところまで歩く、と思ったのである。不忍池《しのばずのいけ》のあたりに、出合茶屋というものがある、とも聞いている。家から離れた遠いところに連れて行かれる不安があった。

だがその不安は不快ではない。作次が一緒なら構わないという気がした。

水茶屋に入って、二人はお茶を飲んだ。

「軽業をみたのはひさしぶり」

とおてつは言った。高く張った一本綱の上で、芸をしてみせた若衆姿の娘の姿が眼に残っていて、おてつの胸には、まだ軽い興奮がある。

「面白かったかい」

「ええ」

「俺もひさしぶりだ。三笠町にいた時分には、よく親方の眼を盗んで、このあたりにきたもんだけどな」

二人は他愛ないお喋りをした。作次は川越から帰ったあとも忙しくて、しばらくぶりにおてつの家に来たのである。話すことはいくらでもあった。

だが、その話の間に、おてつは時々気になるものがはさまるような気がした。何か忘れものをしている感じがある。

やがて、あっと思った。

「いま、子供を預かっているのよ」

「子供だって？」

作次はあっけに取られた顔になった。

「ええ、赤ん坊なの。同じ裏店にいる人の子」

おてつは伊作と赤ん坊のことを喋った。伊作という男が意気地なしで、赤ん坊と一緒になって泣いていたこと。おけいという赤ん坊が可愛いことなどを勢いづいて喋った。

伊作はじっさい意気地のない男で、店に通えるようになったものの、夕方おてつの家に赤ん坊を受け取りにくる姿は、依然としてしょんぼりと塩たれて、気の毒なほどだった。

「その人、死んだおかみさんが忘れられないのね。そりゃ赤ん坊の世話も大変には違いないけど」

「なるほど」

作次は言ったが、気がないような感じだった。それがおてつには少し物足りなかった。

「この頃おけいちゃん、あたしになついちゃったみたいなのよ。わりに機嫌のいい子なの。何か知らないけど、一所懸命話しかけてきてさ」

乳の香が匂《にお》うおけいの小さな唇が、不意に生なましく思い浮かんできた。

――おっかさん、ちゃんと乳もらいに行ってくれたかしら。

お勝は筆作りの内職をやっている。じっとしていることが嫌いで、いそがしく働く。おてつも手伝うことがあるが、お勝のまわりには、いつも兎《うさぎ》の毛や馬の毛が散らばっている。

――おけいが拾って口に入れたりしないかしら。

おてつはそんなことが心配になってきた。

「幾つぐらいの人だい。その伊作って人は」

「二十七かしら。八かも知れない。作次さんより一寸上みたい」

「それじゃ大変だ。代りのかみさんもらわないことにはしょうがないだろう」

「かわりのかみさんて言っても」

おてつは伊作の塩たれた風体《ふうてい》を思い出して、くっくっ笑った。

「あまり見栄《みば》えのしない人なのよ、それが。作次さんとはだいぶ違うもの。その上子持ちでしょ」

作次は苦笑したが、悪い気持ではなさそうな表情だった。

「さてと」

作次は立ち上がって女中を呼んだ。

「そろそろ行くか」

ええ、と言ったが、おてつは気持が茶屋に入る前より弾まないのを感じた。七ツ（午後四時）を少し廻った時刻だが、伊作が裏店に帰るまで、まだ一刻《とき》（二時間）はたっぷりある。

お勝はそろそろ台所にかからなければならない時刻である。伊作が帰るまでに一度、お増のところに乳もらいに行くのだが、お勝にそれができるだろうか。

おけいの泣き喚いている赤い顔が眼に浮かぶ。それを見ながら、お勝が悪態をついている姿も見える。お勝は赤ん坊を預かることに乗り気でなかった。強硬に反対するのを、おてつが説き伏せたのである。

「悪いけど」

両国橋の袂《たもと》まで戻ったとき、おてつはとうとう言った。

「あたし、今日はこれで帰るわ」

「どうしたい？」

作次は驚いたように言った。

「子供が気になるの」

「子供？」

一瞬作次の顔に険しい色が走ったようだった。

「子供ったって、あんたの子供じゃないだろ」

作次にしては、珍しく皮肉な口調だった。不機嫌な顔になっている。おてつは微かな怯《おび》えが心をしめつけるのを感じた。作次の機嫌をそこねたことは明らかだった。だが、作次と上野に行って、晩飯を馳走になる、という気分はもう失なわれていた。

おけいの泣き声が、耳の奥で鳴り続けている。

「おっかさんが大変なんです。もうそろそろ夕方だし」

「しょうがないな」

作次は舌打ちした。

「でも、さっきは一緒に行くつもりだったんだろ？」

「ええ」

なぜかかたくなな気持になっていた。

「済みません」

「謝ることはないさ」

作次は憮然《ぶぜん》とした声で言った。それからさっぱりと決心したように、

「じゃ、また。俺一人で行ってくる」

と言った。

作次の長身が、広小路の雑踏にまぎれ、やがて見えなくなるのを、おてつは茫然《ぼうぜん》と見送ったが、やがて橋を渡りはじめた。

取り返しがつかないことをしたような気がしていた。作次を怒らせてしまったことが、気分を重くしている。作次がなぜ怒ったか、おてつには解っている。作次は、夕ぐれから夜のひとときを、おてつと二人だけで過ごそうとしたのだ。出合茶屋という

ところに行くつもりだったかも知れなかった。その先はおてつには解らない。ただ漠然とした恐れのようなものがそこにあった。子供にかこつけて、眼の前にあるその恐れから逃げたような気もした。だが、作次が望むなら、そうした方がよかったかも知れない。

うなだれて、おてつは町を行き、やがて裏店の木戸を入った。

どこかで赤ん坊が泣いている声がする。おてつは、はっとなって顔を挙げた。家の前まで小走りになっていた。

戸を開けると、おけいの泣き声と、お勝の大声が耳を搏《う》った。

「おーら、おら、おら。泣くんじゃないよ」

「済みません、おっかさん」

おてつは家に駆け上がった。台所から、赤ん坊を背中に括《くく》りつけたお勝が、怪訝《けげん》そうな顔で振り向いた。

「おや、どうしたの？」

「帰ってきちゃった」

「帰って来たって、作次さんはどうしたんだい」

「うん、途中で別れちゃったの」

おてつはいそいで母親の背中から、赤ん坊を引きはがした。するとおけいは泣き止んで、おてつの顔をみると「うまうま」と言った。

「お乳まだなんでしょ？」

「ちゃんともらってきたよ。変な子だよ、お前に抱かれたらけろりとしてるじゃないか」

お勝は言ったが、まだ気づかわしそうに言った。

「作次さんと一緒に帰ってくるんじゃないかと思ったのに」

「なんか用があるんだって、あの人忙しいのよ」

とおてつは言った。まさか赤ん坊が心配で帰ってきたとは言えなかった。

四

湯屋から戻ってくる途中で、おけいを抱いた伊作に会った。

「こんばんは」

おてつは声をかけたが、伊作はうなだれたまま通りすぎた。おけいが気づいて、

「うま、うま」と言った。

——変なひと。

おてつは首をひねって見送ると、裏店の方に向かった。月が出ている。それに隣町の細川能登守《のとのかみ》下屋敷で出している辻番所《つじばんしょ》の高張提灯《たかはりぢょうちん》の明かりがあった。顔がわからない筈《はず》はなかった。げんにおけいは気づいたじゃないの、と思った。

家へ帰ると、長作と兄の藤太郎が晩酌を飲んでいた。

「おい、おてつ」

藤太郎が、自分の部屋に入るおてつに声をかけた。

「こないだ、作次が飯喰おうて言うのを断わったんだって」

「だって遅くなると思ったから」

「おや、あたしにはそう言わなかったじゃないか」

と台所から入ってきたお勝が言った。

「何でもいいが、作次は何かご機嫌斜めだったぜ。楽しみにしてたらしいんだ」

「作次さんと喧嘩《けんか》などやめとくれ。せっかくいい縁談がまとまったんだから」

「喧嘩なんかしてないわ」

とおてつは言ったが、別のことが気になって上の空だった。ひどく元気がなさそうだった伊作の姿が眼に残っている。伊作などどうでもいいが、「うま、うま」と呼びかけたおけいのことが気にかかる。

「おっかさん、ちょっとそこまで買物に行ってくる」

おてつは言って家を出た。

伊作は、泉州岸和田の殿様、岡部内膳正下屋敷と土屋家の塀の間を入って行ったのである。小名木川の川端の方に行ったと思われた。

おてつはいそいで袋小路のようなその道をいそいだ。道は鍵《かぎ》の手に曲っており、角に辻番所があって、塀にはさまれた道を提灯が照らしていた。そこを抜けると川端に出た。小名木川の流れに、月明かりが砕けている。

——あら、いた。

おてつは立止った。新高橋の手前に、人影が蹲《うずくま》っている。紛れもなく伊作だった。

「おー、おー」と喋っているおけいの声が聞こえる。伊作は懐《ふところ》に子供を抱えたまま、落ちこむほど川っぷちに身体を乗り出して、じっと蹲っている。

人通りは全くなく、微かな水音と、おけいの機嫌のいい声だけが聞こえる。時どきおけいが元気よくふんぞりかえり、白い蹠《あしうら》が踊った。そのたびに伊作は抱えなおすが、顔は上げないで、川を眺めているだけである。

岡部家下屋敷の塀端《はず》れによりかかったまま、おてつは黙って親子を眺めた。

——ああして、何を考えているんだろ？

と思った。

おけいをおてつが預かったので、伊作は勤めに出られるようになったのだが、それで楽になったというわけではない。寝るまでに、もう一度乳もらいがあるし、米もとがなければならない。洗濯もしなくてはならない。

伊作が、月明かりをたよりに、裏店の井戸端でこそこそ洗い物をしているのを見たことがある。夜中に赤ん坊が泣き出せば、起きてあやさなければならないだろうし、男は疲れ切っているのだ、と思った。

——死んだかみさんのことでも思っているのかしら。

でもそれを思うくらいなら、少し身なりに気を配って、代りの人をもらうことでも考えたほうがいいのに、とおてつは思う。十日ほど前、お増の亭主の七蔵が、後添えでいいという女を連れてきて、伊作の家で見合いの真似《まね》ごとをさせた。だがやつれた顔に無精ひげをはやしたままで、着る物はすっかり垢《あか》じみ、聞かれることにろくに返事も出来ない伊作に、相手の女はひと目見ただけで愛想をつかしたらしく、すぐ断わりの返事がきたとお増に聞いている。

不意に裾《すそ》を乱しておてつは走った。立ち上がった伊作が、おけいを摑《つか》んで腕を突き出し、川に投げこもうとしているように見えたのである。何も知らないおけいがけらけら笑う声がした。

その笑い声に、一瞬気を殺《そ》がれたように、伊作の動きがとまったので、おてつは間に合った。

ひったくるようにおけいを抱き取ると、おてつはいきなり伊作の頰を張った。

「なんてことをするの、あんた」

おてつは息を弾ませて言った。怒りで眼がくらんだようになっていた。伊作は茫然とおてつを眺め、それからおけいを眺めた。

「あんた、この子を川に捨てようとしたね。あたしは見ていたんだから」

おてつは烈《はげ》しく言い募った。返事によっては、もうひとつ頰を張りかねない勢いだった。

「この子だけを……」

伊作がぼんやりした口調で言った。

「死なせるつもりじゃなかった。俺も一緒に死ぬつもりだった」

「へん」

おてつは嘲笑《あざわら》った。猛々《たけだけ》しい気持になっていた。

「こんな川に落っこったところで、大人は死に切れませんよ。ばかばかしい」

「………」

「めそめそと、死んだおかみさんのことを考えているらしいけど。あんた、おかみさんがどんなひとだったか、知ってるんですか？」

「………？」

伊作が細い眼をみひらいておてつを見た。

「男がいたんですよ、あのひとには」

藤堂和泉守《いずみのかみ》蔵屋敷のそばに、小さな料理屋がある。その先の横網町にいるお針のお師匠さんに、おてつはついこの春先まで通っていたが、あるとき料理屋から出てくるおちせを見た。おちせは一人ではなかった。塀脇にかくれたおてつのすぐ眼の前で、男と女は大胆に抱き合い、それから右と左に別れて行った。去年の秋の夜のことである。

その後二度、おてつはその料理屋から出てくるおちせをみている。男は肥《ふと》って大きな身体をしていたが、おてつが知らない顔だった。

「嘘《うそ》だ。そんな筈がない」

と伊作が言った。伊作の眼は光り、声が顫《ふる》えている。

「嘘なんか言ってませんよ。あたしはこの眼で見たんだから」

「でたらめを言うな」

伊作が鋭い声で言い、いきなりおてつの腕を摑んできた。強い男の力だった。骨が砕けるかとおてつは思った。

「でたらめだ。そんなことは俺は信用しないぞ」

「信じないんなら、それでいいじゃありませんか」

おてつはこわくなって言った。伊作の眼は人を殺しかねない狂暴な光を宿している。

「離して頂戴な。痛いじゃありませんか」

「このあま！」

いきなり頰を殴られて、おてつはよろめいた。おけいが泣き出した。おてつはおけいを懐に抱き込むようにかばって、後向きに蹲った。その首と肩に、伊作の拳《こぶし》が降りかかった。おてつが、おけいの上に覆《おお》いかぶさるようにして、耐えていると、拳の勢いは急に弱まってやがて止まった。

ひっそりした時間が過ぎ、川水の音がひびいた。

「済まなかった。おてっちゃん」

ぽつりと伊作が言った。おてつは立ち上がって伊作を見た。伊作は深くうなだれている。

「あんたのようないい人はいないと、いつももったいなく思っているのに。俺はどうかしている」

「あたしだって、そんなこと言うつもりはなかったんですよ。死んだひとも、あんたも可哀そうだから、誰にも言わないつもりだったの」

そう言ったとき、おてつは伊作とひとつの秘密を共有したように思った。

「………」

「でも、あんたがあんまり意気地なしだから」

伊作がちらりと眼を挙げた。

「今夜は、おけいちゃんはあたしが預かって帰ります。あんたと一緒に置いたんじゃ、何されるかわかりませんからね」

おてつは足早にそこを離れた。泣きやんだおけいが、うま、うまと言って乳房を探りにきた。擽《くすぐ》ったかったがそのままにしておいた。肩のあたりがずきずきと痛む。

――なんて馬鹿力《ばかぢから》なんだろ。

また腹立ちがこみ上げてきて、おてつは塀の曲り角で橋の方を振り返った。月に照らされて、伊作はしょんぼりこちらをみて立っている。哀しそうな立ち姿だった。

五

「今日はまさか逃げ出しゃしないだろうな」

作次は笑いながら言った。ええ、大丈夫よ、と言ったが、おてつは自分の笑いがこわばっているのを感じた。

出合茶屋だと思われる、不忍池のそばのその店に、作次は無雑作に入った。部屋に通ると、作次は女中に酒をいいつけ、すばやい手つきで心づけを渡した。このひとは、こういうところに入るのが初めてではないようだ、とおてつは思った。作次は物慣れたふうで、落ちついている。

そういう作次をみていると、おてつは自分はこのひとのことを何も知らない、という気がした。

——まだしもあのひとの方をよく知っている。

不意にそう思った。おてつの眼に、同じ裏店のもの哀しげなやもめの姿が映っている。そういう形で作次と見くらべたことは一度もない。あわてて、おてつは伊作の姿を眼の裏から消した。

「どうだい。一杯やらないか」

作次が盃《さかずき》をさしてきたが、おてつは首を振った。

「少し飲んだらいいのに」

作次は不満そうに言ったが、おてつはかたくなにうつむいたままでいた。そうしていると、急に強い不安に包まれるのを感じた。

上野に行こう、と誘われたとき、おてつは作次が何を望んでいるかが解った。強いためらいがあった。だが、おてつにはこの前作次の期待をはぐらかしたという負目がある。黙ってついてきた。五カ月後には祝言をする間柄である。作次の望みが理不尽だとは言えない。

「あんたが飲まないから、一人で酔っちまったぜ」

作次が笑いかけるのに、おてつはぎこちない笑いを返した。

「おや、何にも食べてないんだな」

作次は言った。箸《はし》を割ったが、おてつは出ている皿に手をつける気にならなかった。胃の腑《ふ》のあたりに、ものが一杯詰まっているようで胸苦しい感じがする。

不意に作次の手が伸びてきて、おてつは酒くさい匂いに包まれた。おてつは身体を固くしたが、作次の手の動きは巧みで、いつの間にか胸の中に抱き込まれていた。のぼせたようになって、おてつは唇を吸われた。火が燃えているように身体が熱くなっている。そして身体が浮いた。

作次の手で布団の上に横たえられたとき、おてつはふっと、このひとずいぶん女を扱い馴《な》れている、と思った。作次はなめらかに手順を運んでいた。また唇を吸われて、おてつはのぼせたようになった。その間に、作次の指が動いて、帯を解いているのが解る。濃い男の体臭が押しよせてくる。

冷たいものが、ふくらはぎを撫《な》でたとき、おてつはぴくりと身体が顫え、不意に眼が覚めたように意識がはっきりした。冷たいものは作次の指だった。指は次第に膝から腿《もも》に這《は》い上がってくる。

ふとおてつは、赤ん坊の泣き声を聞いたような気がした。おけいが泣いている。

「ちょっと待って」

おてつは作次の手を押さえて起き上がった。そのまま耳を澄ませたが、赤ん坊の泣き声など聞こえなかった。だが、潮がひくように気持が醒めて行くのが解った。

おてつは乱れた裾を直した。

「どうしたんだい」

寄り添っている作次が苛立《いらだ》った声を出した。

「あたし」

おてつは立ち上がって帯を拾った。

「帰ります」

「どういうことなんだ、そりゃ」

作次も立ち上がってきた。

「ここに来たからには、承知だったんだろ」

作次はおてつの腕を押さえたが、おてつは振り払って手早く帯を締めた。

「おい」

作次の声音《こわね》が変った。

「また赤ん坊かい」

「…………」

「あんた、その何とかいう男やもめに惚《ほ》れてんじゃないだろうな」

「…………」

「どうなんだ？　黙ってちゃ解らねえぜ」

作次に肩をゆさぶられて、おてつは首ががくがくした。荒っぽく労《いたわ》りのない手の動きだった。

「そんなことはありません」

「嘘つきやがれ」

作次はおてつを突き飛ばした。おてつは一ぺんに襖《ふすま》ぎわまでふっ飛んで倒れたが、すぐに起き上がった。

「あたし、帰ります」

「ああ、帰れよ」

作次の眼が、憎悪《ぞうお》に光っているのが行燈《あんどん》の灯で見えた。

「人をなめるんじゃねえぜ。あんただけが女じゃねえよ。女なんか幾らでもいる」

おてつは出合茶屋を出た。暗い夜がおてつを包んだ。

――これであのひととはおしまいだ。

と思った。そう思ったがなぜか悔む気持が湧《わ》いて来なかった。いつからか作次との間に気持の喰い違いが出来ていたようだった。それがいつからだったかはわからない。

おてつは暗い道を急いだ。裏店の露地に入ったとき、おてつはおけいの泣き声を聞いた。伊作の家は、まだ灯がともっている。

しばらく立止って、おてつはおけいの泣き声を聞いたが、そっと戸を開いて土間に入った。

「こんばんは」

と声をかけたとき、おてつは心が決まった、と思った。障子の中には、おてつが面倒みなければ、誰もみてくれる者のない父親と子供がいる。この方がよかったのだ、と思った。

障子を開けた伊作は、びっくりしたようにおてつの顔をみて、しばらく黙ったが、

「これはどうも」と言った。

「上がっていいかしら」

とおてつは言った。伊作は「へい」と口籠ったが、

「こんなに遅く家に来ちゃ、家の人に怒られませんか」

と言った。心配そうな声だった。

おてつは黙って笑うと茶の間に上がった。上がるとすぐに、おてつはおけいのおしめを開いてみた。びっしょり濡れて、股が赤くなっている。

「ほら、だめでしょ」

浮き浮きした口調でおてつは言った。

「まめに取換えないと、すぐこうなるんですから」

おしめを取換えてもらうと、おけいはすぐに機嫌がよくなった。おてつに抱かれると、うー、うま、うまと言って胸を探ってきた。幸福な感情がおてつを襲ってきた。

――この子の面倒をみて、伊作さんも身ぎれいにしてあげるのだ。

後にいる塩たれたやもめが、以前は見苦しくない男だったことを思い出していた。幸福な気持に衝《つ》き動かされて、おてつは襟をくつろげて胸を開いた。おけいの柔らかな手が乳房を摑み、巧みに吸いついてきた。

やがて乳が出ないのが不思議だという表情で、おけいは口を離し、おてつの顔を見上げたが、腹はくちくなっているらしく、機嫌よく乳房を手で叩《たた》いた。

おてつは声を立てて笑った。それから後に向き直って静かに言った。

「伊作さん、あたしをおかみさんにしてくれません？」

伊作はいっぱいに眼をみはっておてつをみた。その眼がおてつの開いた胸に落ちると、伊作はあわてて眼を伏せ、赤くなった。

やがて重苦しい口調で、伊作は言った。

「そんな冗談は、よして下さい」

「どうして冗談なの？」

「…………」

「あたしは、本気よ」

家の者たちが怒るだろうな、と思った。その時はここに逃げてくればいい。おてつは自分の幸福に自信があった。作次のことは、ひどく遠い昔のことに思えた。

おてつは片手でおけいを胸に抱きながら、もう片方の手を伊作にさしのべた。

「おかみさんにするって、言って」

伊作はそれでも長い間おてつの顔を見つめたが、おてつがくたびれて手をおろしたくなったとき、漸《ようや》くおてつの手を握った。

伊作の手に少しずつ力が加わるのを感じながら、おてつは思った。

——ほんとに意気地なしなんだから。

仲秋十五日

滝口康彦

滝口康彦（たきぐち・やすひこ）
一九二四―二〇〇四。長崎県佐世保市生れ。一九五七年に「高柳父子」でデビュー。五八年に「異聞浪人記」でサンデー毎日大衆文芸賞、五九年に「綾尾内記覚書」でオール新人杯（のちのオール讀物新人賞）を受賞。『主家滅ぶべし』や「かげろう記」などで計六回直木賞候補となった。佐賀県多久市を拠点に活動し、八五年には多久市文化連盟芸術文化功労賞を受賞。

一

とせにとって、八月十七日という日は、忘れてはならぬものになった。その二日前、慶長七年八月十五日の午後、平馬はどこかへ出かけていった。いつものくせで、どこへともいわない。

「ちょっと出かけてくる」

平馬はただそれだけとせにいい、門口を出る時、そこに立っていた五つになる平次郎の頭を軽くなでた。つれ添って六年、平馬の無口に、とせはもうなれている。だから、格別気にもとめなかった。

行先を聞いたりすれば、とたんに平馬はきげんが悪くなる。とついできたばかりのころは、そんな平馬にとまどったものだが、いまはあたりまえになっていた。

淵脇《ふちわき》平馬は、島津領――日向《ひゅうが》穆佐《むかさ》の郷士であった。もっとも、薩摩《さつま》藩では郷士とは呼ばず、外城衆中《とじょうしゅうじゅう》という。あるいは土地の名をつけて、穆佐衆中とか高岡衆中とかいった。鹿児島の城下に住んでいる家臣は、鹿児島衆中と称される。

六十一万石余の島津家は、薩摩、大隅二ヵ国と、日向諸県《もろかた》郡に、合わせて百を越す外城を置いていた。外城とは、数ヵ村からなる郷のことで、その中心を麓《ふもと》と呼び、多くの郷士が住んでいる。すべてに城郭があるわけではないが、外城という名が示す通り、いざという場合は郷はたちまち出城にかわる。穆佐もその一つであった。

「川田さまのお屋敷で、きっとあさっての打ち合わせをなさるのに違いない」

とせはそう思った。

「八月十七日、野尻《のじり》において鹿狩《ししが》りを催される。よってその心組みでいるように」

という布令《ふれ》が、十日も前に出されており、当日の奉行として、すでにこの穆佐の地頭川田大膳亮《だいぜんのすけ》、野尻の地頭敷根仲兵衛、須木《すき》の地頭村尾源左衛門入道がえらばれていた。

　穆佐からおよそ六里の野尻には、数日前、薩摩の大守島津少将忠恒が到着していた。供には、北郷加賀守《ほんごうかがのかみ》、伊勢兵部《ひょうぶ》、川上源三郎らのほかに、帖佐《ちょうさ》二万石を領する伊集院《いじゅういん》源次郎忠真が加わっている。

　二年前の関ケ原の合戦の際、島津家は西軍に味方した。だが徳川家康は、これをとがめず、つい先ごろ、島津家に対して本領安堵《あんど》を申し渡した。そのお礼言上のために、病中の龍伯（島津義久）にかわって、忠恒が上洛《じょうらく》することになったのである。忠恒は、野尻で狩りを催したあと、高岡をへて細島の港に出、そこから船で大坂に向う予定であった。忠恒の父で、義久の弟にあたる惟《い》新《しん》入道義弘は、関ケ原の責めをとって、桜島の草屋に謹慎していた。

日が暮れてから、平馬はもどってきた。とせの判断はあたっていた。平馬は、ほかの郷士たちといっしょに、川田大膳亮から、十七日の狩場における心得を申し渡され、

「伊集院源次郎どのに無礼あるべからず」

と、ことに念を押されたという。そのことについては、十日前の布令にも、島津忠恒の命として、特に明示してあった。これにはわけがある。

源次郎忠真の父伊集院幸侃《こうかん》は、都城《みやこのじょう》七万石を領し、島津家の重臣筆頭として、陪臣ながら諸侯にまで名を知られていたが、慶長四年の春、謀反《むほん》の志ありとして、伏見において忠恒に手討ちにされた。

これを怨《うら》んだ源次郎忠真は、庄内の都城に立てこもり、十二の外城に兵を配して、まっ向から主家に弓を引いた。庄内の変と呼ばれるこの戦いで、島津の大軍を相手に、源次郎は一年もの間一歩も譲らなかった。いくつかの外城は落ちたが、一方では、島津勢も手痛い敗北を喫した。忠恒は、力攻めは無理と見て、都城周辺の糧道を断ち、ようやく源次郎を窮地に追いつめた。この時、

「主従の争い、見るに忍びず」

　と、和睦《わぼく》をすすめたのは徳川家康である。家康のとりなしによって、忠恒は、源次郎忠真の降伏を許し、忠真にあらためて帖佐二万石を与えた。それが、関ケ原の合戦の、半年ほど前であった。その忠真を、こんどの上洛に際して、忠恒はわざわざ供に加えた。これはおそらく、徳川家康に目通りさせるためであろう。

「少将さまはお心がお広い」

　家臣たちは、忠恒の度量に深く感じた。だがその反面、忠真を憎んでいる者も多く、

「お情けが過ぎる」

と、はっきり口に出す者もあった。穆佐、野尻、須木の郷士たちも、都城攻めに加わって、多くの討死を出していた。そのゆかりの者は、源次郎忠真に怨みを含んでいることはまぎれもない。

「そのために少将さまは、ことさら、伊集院源次郎どのに無礼あるべからずと、仰《おお》せ出されたに違いなか」

　平馬はそういった。とせにもわかる。

「腹がへった」

　急に平馬はいった。とせが、酒を用意しようとすると、めずらしく平馬は、

「今夜はやめておこう」

と、すぐめしをよそわせた。幼い平次郎さえけげんそうな顔をした。とせは、笑ってたずねた。

「なぜでございもす。今夜にかぎって」

「狩場で不覚をとらぬ用心じゃ」

「でも、狩りはあさってでございもそ」

「おいは心得をいうちょる」

平馬はびしっときめつけ、いつもより、めしもひかえめにした。平次郎は、おなかがくちくなったのであろう。すわったまま、こくりこくりはじめた。平馬は、平次郎を引き寄せて、ひざの上に眠らせた。とせが、あと片づけを終ったころ、思い出したように平馬がいった。

「さすがに秋だな。川田さまのお屋敷にいく途中、とんぼが群れとった」

そのことばでとせは、今日が仲秋十五日だということに気がついた。

「うっかりしていもした。今夜は名月でございもす」

とせは縁に出ていった。月はもう、山ぎわからかなり離れて、さえざえとした光を投げている。その光を浴びて、まだ青さの残った陸稲《おかぼ》や黍《きび》の穂波が遠くまでつづいていた。

とせは、平馬を呼んだ。平馬は、ひざで眠っている平次郎の寝顔をのぞいてから、軽く手を振った。

みれんげに、とせはまた誘った。

「名月は、ことしだけとはかぎらん。また来年がある」

面倒くさそうに、平馬はいった。

二

その二日後——八月十七日に、野尻の狩場で平馬は死んだ。夜中に知らせが届き、あくる十八日、なきがらが運ばれてきた。死んだのは平馬だけではなく、平馬と仲のよかった押川治右衛門もいっしょだった。二人とも、鹿と間違えて人を殺し、その場で腹を切ったのだという。

平馬も治右衛門も、日ごろから鉄砲の名手として知られていたが、その日にかぎって、どうしてか山鳥一羽も射止めることができなかった。

「手ぶらでは面目丸つぶれじゃ」

二人は、日が傾き、引き上げの貝が鳴っても、定めの場所にもどらず、なおも獲物《えもの》を求めて、山の斜面をかけめぐった。だが、野うさぎさえあらわれない。あきらめかけた時、足もとから七、八間下にある、せまい木の間がくれの坂道を、二頭の鹿がおりてくるのがちらっと見えた。人に追われている気配もない、ゆっくりした足どりだった。

「こんどこそ」

平馬と治右衛門は、秋草をふみしだき、灌木《かんぼく》の茂みやいばらをかきわけて、追いすがりながら鉄砲を放った。どさっと鈍い物音がした。一気に斜面をかけおりた平馬と治右衛門は、狂ったように走り去る白馬と、葦毛《あしげ》の馬を見、足もとに倒れ伏している二人の狩装束《かりしょうぞく》の武士に気づいて色を失った。どちらもすでに絶命している。二人とも、鹿皮のむかばきをつけていた。

顔をたしかめて平馬はうめいた。一人は、重臣平田増宗の子平田新四郎、いま一人は少将忠恒が、

「無礼あるべからず」

と、わざわざ布令を出していた、伊集院源次郎忠真であった。取り返しのつかぬ失態に気づいた平馬は、とっさに覚悟をきめ、鉄砲を投げ捨てるが早いか、腹をくつろげ、ふかぶかと刀を突き立てた。ためらいもなく、治右衛門も平馬にならった。一瞬のできごとであった。

そこへ一足おくれて、川井田監物《けんもつ》、野村新次郎ら、源次郎の近臣十名あまりがかけつけた。監物は、忠真を抱きおこして、

「はかったな忠恒」

と叫んだ。血まみれになって倒れていた平馬が、監物の足をつかんだ。

「違いもす。てまえは、穆佐衆中淵脇平馬、かねてより源次郎さまを、島津家随一の豪の者と、畏敬《いけい》しておりもした。その源次郎さまを、なんでてまえが……。嘘《うそ》ではごわはん……。鹿皮のむかばきを……」

「たわけ。そげんことを信じられるか」

監物は平馬を足げにした。野村新次郎も、二度、三度と、平馬の顔をふみにじった。

こんどは、治右衛門が顔を上げた。

「嘘ではごわはん。平馬はいつも、てまえにいうておりもした。源次郎さまは、島津家随一のお人じゃと……。押川治右衛門、神かけて誓言《せいごん》しもす……」

いい終らぬうちに、一人が力まかせにその顔をけった。あおむけに倒れた治右衛門の腹は、大きく口があいて、はらわたがはみ出していた。

知らせを聞いた川田大膳亮が、部下を引きつれてやってきたのは、それから間もなくであった。大膳亮は、川井田監物の前に進み出て、平馬らのそこつを詫《わ》びた。

「詫びてすむことか。殿はもはや、生き返りはなさらんとじゃ」

「ごもっともでごわす。まことに、返すことばもごわはん……」

ただ頭をさげる大膳亮に、憎しみの目を向けて、監物はずばっといった。

「そこではなかはず。初めから、忠恒がたくらんだことじゃ」

「めっそうもなか。そげんなことはごわはん。狩場において、伊集院源次郎どのに無礼あるべからずと、少将さまがわざわざお布令を出されたこと、かたがたもご承知のはず」

「見えすいたまねにだまされはせん」

「ことばが過ぎもすぞ。初めからたくらんだものなら、なんで罪もなか平田新四郎さまを殺そうか。新四郎さまは、お家の重臣平田増宗さまのご子息でごわす」

これには理がある。川井田監物は口をつぐんだ。あたりにはもう、たそがれの色がただよいはじめている。これでおさまったと、大膳亮はほっとしたが、その時、野村新次郎が叫んだ。

「川井田どの。問答は無用でごわす。たくらみであろうとあやまちであろうと、殿が死なれたことに違いはなか。この上はわれらも、一人も残らず死ぬまででごわす」

「おう、よくいうた。一同死ね。死んで七代までもたたってやるのじゃ」

監物以下十余名、いっせいに刀の鞘《さや》をはらった。もとより、大膳亮に油断はない。うしろを振り返って大きくあごをしゃくった。それに応じて、部下の者は、ずらりと鉄砲の筒ぐちをそろえた。あとは無残だった。源次郎忠真の近臣たちは、ひとたまりもなく、虫のようにのたうちまわり、今日の獲物の山鳥の羽根や野うさぎの毛が飛び散った。

平馬と治右衛門は、その時までかすかな息があった。

「うろたえ者が」

大膳亮は、部下に命じて、二人の首をはねさせた。——以上が、とせが聞かされたいきさつであった。

葬儀は許されなかった。平馬も、治右衛門も、身うちの者数名で、ひそかになきがらを埋めただけであった。数日後、とせはさらに痛ましいうわさを聞いた。忠真の一族が、ことごとく殺されたというのである。

源次郎忠真の三人の弟のうち、小伝次は、龍伯島津義久の召しを受けて、富《とみ》の隈《くま》に行く途中、主命を帯びた猿渡新助、阿田神左衛門の手にかかって浜の市で殺された。一方、三郎五郎と千次郎は、惟新入道義弘の招きで鹿児島に向ったが、谷山で斬《き》られた。

たとえあやまちにせよ、忠真が不慮の死をとげたと知れば、小伝次らが、島津家に対して、怨みをふくまぬはずはない。いっそこの際、非常手段に訴えて、後の憂《うれ》いを絶った方が安全だと、臨機の処置がとられたのに違いなかった。

忠真と、小伝次、三郎五郎、千次郎の死を知った兄弟の母と祖母は、家臣のすすめで、屋敷に火を放って自害した。

とせは人知れず涙を流した。夫平馬の死が悲しかっただけではない。平馬が、あやまって人を殺した責めをとって、腹を切っただけなら、まだしも救いがあったであろう。だが平馬のあやまちは、罪もなかった二十名以上の人びとにまで、取り返しのつかぬ不幸な運命を分け与えてしまったのだ。

三

平馬が死んだ、八月十七日という日を心に刻んで、とせはひっそりと生きた。平次郎がただ一つの生き甲斐《がい》だった。不幸な者同士、ときたま、治右衛門の妻のたもと往き来することも、ささやかななぐさめになった。

やがて、七年の歳月が流れた。慶長十四年である。とせは三十一、平次郎は十二であった。あと三年すれば、平次郎は十五になる。元服すれば、平馬と名乗らせよう。

とせはそう思った。

仲秋八月が訪れた。平馬が死んで、七度目の八月である。八月の声を聞けば、やはり心の傷が痛まずにはいない。またしても、野尻の狩場の血を思った。

十五日の昼過ぎ、めずらしい客が見えた。穆佐の地頭、川田大膳亮である。平次郎は遊びに出ていた。平馬が死んだあと、大膳亮は一度もきたことがなかった。年に一度か二度は、道で顔を合わせることもある。そんな時、大膳亮は、ひややかな目でとせを見た。平馬の過失によほど立腹しているのであろうと、とせは寂しかった。

――その川田さまがなんで。

あやしみながらも座敷に通した。今日の大膳亮は、日ごろとは別人のようにやわらかな表情をたたえていた。供の者から、三方《さんぼう》を受け取った大膳亮は、それを静かにとせの前にさし出した。三方には、ふくさに包んで、銀十枚が載せてある。

「殿様よりのくだされ物ゆえ、ありがたく頂戴《ちょうだい》すっがよか」

「殿様が……」

わけがわからなかった。おそるおそる、とせはたずねた。

「だれにくださるのでございもそ」

「むろん、そなたと平次郎にじゃ、いや、死んだ平馬へのごほうび、そげんいうたがよかかも知れん……」

なお、平次郎が元服すれば、治右衛門のせがれとともに、郷士ではなく城下士として召し出されることになっていると、大膳亮はいい添えた。あっと、声が出そうになった。とせの顔は見る間に青ざめ、胸が鳴った。くい入るような目で大膳亮を見つめた。

「やっと気づいたようだな。もう明かしても仔細《しさい》あるまい。平馬と治右衛門は、伊集院源次郎を鹿と間違うて打ったとではなか。初めから殺すつもりでかかったとじゃ」

「まことでございもすか」

とせの声がかすれた。

「まことじゃ。それを申しつけたのは、ほかならぬこの川田大膳亮」

とせの唇が、わなわなとふるえはじめた。目は、大きく見ひらかれている。

「七年の間のつれない仕打ち、申しわけがなか。わしもつらかった……」

肩で深い息をしてから、大膳亮は、目をうるませながら、話が後先だがと前置きして、まず狩場のことを語った。

忠真がわの事情は、くわしくは知る由《よし》もないが、川井田監物以下ほとんどが、一瞬にして鉄砲のえじきとなった中に、ただ一人生き残った者があり、首をはねる前にその男の口を割らせたところでは、源次郎忠真も、川井田監物も、ほかの近臣たちも、初めは無心に獲物を追っていたらしい。引き上げの貝が鳴ったあと、帰り道にかかったとき、

「おかしい」

と川井田監物がいい出したという。野村新次郎もすぐうなずいた。帰り道にさしかかってから、木こりや炭焼きに一人も出会わなかった。それがあやしいと監物はいう

のだ。いわれて見ると、はるか下のふもとを走っている街道にも、ほとんど人影がないようである。それに、あたりがあまりにも静か過ぎる。

「まさか少将さまが……。気のせいじゃ。疑えば目に鬼を見るということばもある……」

雪のような見事な白馬にまたがった源次郎忠真は、自分にいい聞かせるようにいった。が、不安は晴れず、ますます重苦しいものがのしかかってくる。

「殿、やはり危のうごわす。いっさんに馬を飛ばして球磨《くま》へお逃げなされい」

突然、白馬のくつわを左手でつかんだ監物は、右手で北西の方角を指さした。人吉《ひとよし》の相良《さがら》家を頼れというのである。

「新次郎、おはんが供せい。わしらもあとから追いかける」

「心得もした」

さすがに忠真も心が動いたらしい。だが、すぐに思い直した。

「相良家が、喜んで迎えてくれればそれもよい。逆の場合はなんとする」

大丈夫と、いい切る自信は監物にもなかった。

「死所をあやまって恥をさらすくらいなら、いっそここで死んだがよい。よし、運を天にまかせよう」

忠真のことばに、みな承服した。そこへ、二人の供をつれた狩装束の若者が、背後から姿をあらわした。島津家の重臣の一人、平田増宗の子新四郎であった。

「ごいっしょしてようごわそうか」

「願ってもなかこと」

忠真は軽く会釈《えしゃく》した。平田新四郎は、気品のある顔だちで、感じのいい若者である。源次郎に劣らず、狩装束がよく似合う。重臣の子だと、肩ひじ張ったところもなかった。新四郎の馬は葦毛であった。

道は、馬二頭がやっと並ぶ広さである。忠真と新四郎は、肩をならべて馬を進めた。監物たちはほっとした。忠恒に、源次郎を襲う腹があれば、こんなところへ、新四郎がのこのこ出てくるはずがない。

道は、すこしずつ左にまがりながら、ゆるやかな勾配《こうばい》でつづいている。やがて、右手に見晴らしのきく場所に出た。馬をとめて、しばらく眺めていた新四郎は、忠真の白馬に目を移し、うらやましそうにいった。

「伊集院どの。見れば見るほど、りっぱなご乗馬でごわすな。おいも一度その馬に乗ってみとうごわす」

「安かことごわす」

源次郎はあっさり馬からおりて、

「しばらくかわりもそ」

と、新四郎に手綱を渡した。新四郎の顔にわらべのような喜びがあふれた。

「かたじけのうごわす」

馬をのりかえた新四郎は、白馬の背に揺られながら、

「こりゃあよか。こりゃあよか」

と上きげんであった。

川井田監物や野村新次郎は、笑いながらあとにつづいた。さっきの暗い気持など、どこかへけし飛んでいた。いつの間にか、すこしずつおくれた。

四

平馬と治右衛門は、先まわりして、山の斜面の究竟《くっきょう》な場所に身をひそめていた。下の道からは、ここは見えない。二人のそばには、岡原彦左衛門がついていた。

治右衛門は、伊集院源次郎の顔をまったく知らず、平馬は知ってはいるが、多少の見覚えがある程度に過ぎないので、念のため大膳亮が、よく見知っている彦左衛門を介添えにえらんだのだ。

ねらいをつけた坂道は、立ち木が並んでいて、木の間がくれになっている。鉄砲を使うには不利だが、獲物と間違えたといういいぶんを通すにはそこしかなかった。顔をたしかめるほどのすき間は十分ある。

「彦左。源次郎の狩装束のむかばきは、たしかに鹿皮だな」

平馬は念を押した。

「熊皮《くまがわ》なら、鹿と間違えたといういいぶんは通らんぞ」

「心配はいらん。たしかに鹿皮じゃ」

彦左衛門は、源次郎の愛馬が、白馬ということも教えた。

「平馬。二人で一人をねらうとは、おもしろうなかの」

心外そうに治右衛門がいった。その気持は平馬にもわかる。絶対に打ち損じはしない自信があった。とはいえ、万が一をおそれて、あえて二人に命じた大膳亮の心もよくわかった。治右衛門は、なおも不服そうだった。

「万が一などなか。絶対に打ち損じはせん。それを大膳亮さまは、信用なさらんじゃったとじゃ。くそっ」

「ばか。いまさらなんばいう」

「じゃっどん……」

その時平馬は、大事なことを思いついた。うっかりするところだった。

「治右衛門。二人とも急所をねらってはまずかぞ」

「なんでじゃ」

「鹿と間違えたといういいわけがつかん」

狩装束のむかばきは、長さが普通三尺六寸ときまっていて、腰から脚部にかけて着用する。

「だから、おはんな腰かふとももをねらえ。おいがこめかみを打つ」

「ばかな。いい出したおはんこそ、腰をねらうがよか」

「そうはいかん」

「ならばいけんする？」

治右衛門の目の色がかわった。とても聞き入れそうにはない。平馬の方が折れた。

「すまん」

にこっと治右衛門は笑った。さすがに、多少こわばった笑いだった。

「そろそろくるぞ」

彦左衛門が、心持ち伸び上って右手の方を見た。平馬と治右衛門は、火縄を、鉄砲の火ばさみにはさんだ。治右衛門が平馬を振り返った。

「火縄のにおいを悟られはせんじゃろな」

「風向きが逆じゃ」

平馬はあっさり突っぱねた。日が傾いたらしい。あたりがすこしかげってきた。平馬は深く息を吸いこみ、もう一度、胸の中で計算をくり返した。的は静止してはいないのだ。相手は動く。こっちも、山の斜面を走りながら鉄砲を打たねばならない。

「見えた」

彦左衛門の声がかすれた。ぶるっと、治右衛門が身ぶるいした。

「あ、いかん。二人だぞ」

「あわてることはなか。源次郎は白馬だ」

彦左衛門が念を押した。まずいと平馬は思った。馬は源次郎だけと考えていたのに、二人とは計算外だった。しかし、ここでためらうわけにはいかない。

馬は、一頭は白馬、一頭は葦毛だった。しかも、せまい道を並んでくる。平馬は目をこらした。どちらも同じ狩装束だ。直垂《ひたたれ》の色も似ている。むかばきも双方とも鹿皮だった。笠《かさ》をかぶっていて顔は見えない。からだつきもほとんどかわらなかった。

「同じ色の馬なら困るところじゃ……」

二人の武士は、相変らず並んでくる。供の者はすこしおくれているらしい。いま二人の姿は無防備にさらされている。絶好の的だが、まだ打つわけにはいかなかった。

平馬はかさねて念を押した。

「彦左、たしかに白馬が源次郎だな」

「間違いなか」

彦左衛門は、はっきり断定した。

二頭の馬は、いよいよ木陰の道にはいって行く。悪いことに、白馬が向うがわだ。平馬はごくっとつばをのみこんで、斜面をおりはじめた。治右衛門もつづいた。つる草にでも足をとられれば一切は無になる。

木の間に見えがくれする、二頭の馬の足並みに合わせて動きながら、平馬は呼吸をはかった。つぎの瞬間、平馬ははっとした。

「違う……」

一種の勘だった。白馬の主は源次郎ではない。なにかにとりつかれたような、鋭いひらめきだった。

「治右衛門、源次郎は葦毛だぞ」

それより早く、治右衛門の鉄砲が火を吐いた。一瞬おくれて、とっさにねらいを変えた平馬の鉄砲も火を吐いた。どさっと、鈍い音が二度聞え、つづいて、狂ったような馬のいななきと、ひづめの音がした。

「いまいったことが真相だ。彦左衛門が委細を語ってくれた……」

大膳亮は、額の汗を手でぬぐった。前にとせが聞いたこととは、まったく違っている。ただ、そのあとのことは、ほとんど同じであった。いや、一個所違っていた。

「ことばが過ぎもすぞ。初めからたくらんだものなら、なんで罪とがもなか平田新四郎さまを殺そうか」

大膳亮のことばに、川井田監物がぐっとつまった時、

「川井田どの、だまされてはなりもはんぞ。大膳亮、わが殿と平田どののなきがら、とくと見るがよか。二人とも、打ちぬかれているのはこめかみじゃ。これでも鹿と間違うたといいはるのか」

目をつり上げて、野村新次郎が即座にいい返し、その声に応じて、監物以下十余名、いっせいに刀の鞘をはらったのだという。

五

七年前、死ぬ二日前のあの日、日が暮れてからもどってきた平馬は、とせに、ほかの郷士たちといっしょに、大膳亮に呼ばれて、狩場における心得をいい渡されたとい

った。事実はそうではなかった。

あの日の午後、大膳亮が呼んだのは、平馬一人であった。

島津少将忠恒が、鹿児島を立ったのは、八月初めである。野尻にしばらくとどまって、十七日に狩りを催すことは、前もって供の者にいい渡しており、伊集院源次郎に対しても例外ではなかった。同時に、穆佐の地頭川田大膳亮、須木の地頭村尾源左衛門入道、野尻の地頭敷根仲兵衛に、

「当日は奉行をつとめよ」

と命がくだった。その時大膳亮は、思いがけない秘命をさずけられた。

「狩場において源次郎を殺せ」

というのである。それも、正面から討ってはならぬ。あくまで事故死と見せかけよというのであった。それをふくんだ上での、

「伊集院源次郎どのに無礼あるべからず」

こういう布令であった。

忠恒は大膳亮に、

「仕手はその方の手の者からえらべ。命《めい》は二日前にさずけよ」

ともいった。はやばやと命ずれば、どこから秘密がもれるかわからない。それを危

ぶんだのに違いなかった。

主命とはいえ、ことはあまりにも重大である。だれをえらぶか。大膳亮は迷った。やってのけそうな男は何人もいる。鉄砲の名手もそろっていた。が、やりとげたあとは死が待っている。しかもことを命ずるのは二日前である。二日前に、それほどの秘命を与えられて、動転せぬ者があるか。的はその一点にしぼられた。

「すくなくとも五人はいる」

大膳亮に属する、穆佐の郷士の数はそれほど多くはない。それでいて、即座に死んでくれそうな男が五人もいるというのは、誇ってもよかった。その五人の中から、大膳亮は、治右衛門と平馬に白羽の矢を立てた。

治右衛門も平馬も二十八歳、鉄砲の腕といい、根性といい、申し分がなかった。しかも二人は仲がよかった。ただ、大膳亮をためらわせるものが一つある。二人の若さだった。思慮の足りなさを危ぶんだのではない。

「死なせるには若過ぎる……」

そんな意味のためらいであった。二人とも妻があり子もある。しかし、大膳亮はあえて目をつぶった。忠真一人をねらうのに、二人をえらんだのも、むろん理由がある。一人でも、おそらく仕損じはなかろう。だが、万が一ということがある。絶対にやりそこないは許されないのだ。

その日、朝のうちに、まず押川治右衛門を呼んだ。使いの者に、

「さりげなくきてくれるように」

といわせてあった。平馬には、午後きてもらうことにし、同じ意向を伝えた。治右衛門は、大膳亮の意中を知ると、さすがに顔色を変えた。

「さりげなくきてくれとは、そげん意味でごわしたか」

あとしばらく、腕を組んだまま口をつぐんでいた。大膳亮はにじり出て、どうする、引き受けてくれるかというふうに、治右衛門の目を見た。治右衛門は、それには答えず別な返事をした。

「あと二日の命でごわすな」

「そうじゃ」

無意識であろう、治右衛門の両ひざにおいた手が、いつの間にか握りこぶしに変っている。それに大膳亮は気がついた。ここだと思った。

「承知か」

無言で、治右衛門はうなずいた。さほど暑くもないのに、大膳亮の額には汗が吹き出していた。

午後、淵脇平馬がきた。大膳亮が、平馬をあとにしたのは、治右衛門の方が、説得に骨が折れそうだと思ったからである。が、逆であった。

「できもはん。淵脇平馬、そげんことはできもはん」

「命令じゃぞ。少将さまの思召《おぼしめ》しを体し、日向穆佐の地頭として、この川田大膳亮が命ずっとじゃ」

「だれの命であろうと、できんものはできもはん」

平馬の声が大きくなった。大膳亮はおだやかにいった。

「平馬、治右衛門は、即座に承知してくれたぞ」

「治右衛門は治右衛門、平馬は平馬でごわす」

「どうあってもでけんちゅうとか」

平馬は返事をせず天井を見た。気に入らぬ時のこの男のくせである。

「平馬、かさねていう。これは少将忠恒さまの思召しじゃぞ」

「少将さまも卑怯《ひきょう》なことをなさる」

「なにをいう。伊集院源次郎は謀反人のせがれじゃ」

大膳亮の声も高くなった。しかし、平馬はひるまない。

「そげんこと、わざわざおっしゃるまでもごわはん。源次郎さまの父伊集院幸侃どの、太閤《たいこう》さまの覚えめでたいことを笠にきて、家臣の分をわきまえず、ご主君たる龍伯さま、惟新入道さま、少将さまを、しばしばないがしろにされたばかりか、ついには、島津六十二万石をわがものにせんと企てられたこと、太閤の死後、その企てがもれて、伏見のお屋敷において少将さまのお手討ちに合われたこと、平馬も知っておりもす」

「ならばわしの命、聞かれぬ筈《はず》はあるまい」

「それとこれとは話が別でごわす」

「別とはいわさん。幸侃がお手討ちに合うたのは、いわば自業自得《じごうじとく》、にもかかわらず源次郎は、逆怨《さかうら》みして都城に立てこもり、主家に弓を引きおったわ」

それでも平馬は屈しない。屈するどころかずばっといった。

「侍ならばあたりまえでごわそう。平馬が源次郎さまでもそうしもす。たとえ相手がご主君でも、男の面目は立てねばなりもはん」

六

平馬の気持はわからぬではない。大膳亮も乱世を生きぬいてきた男だった。同じ立場にあれば、自分も源次郎忠真と同じであろうと思った。いかにも源次郎は、見事に男の面目を立て、意地をつらぬいた。飫肥《おび》の伊東家、高鍋《たかなべ》の秋月家、県《あがた》の高橋家からの援軍をまじえた島津の大軍を向うにまわして、忠真は一歩も譲らず戦いぬいたのである。

一度は忠恒を支持して、伊東、秋月、高橋の三家に、援軍を命じたほどの徳川家康が、後日、主従の争いを見るに忍びずとして、和睦をとりなしたのも、源次郎のあっぱれな戦いぶりに感銘したからであった。

「大膳亮さま、そうでごわそう」

「わかっておる。だからこそ少将さまも、源次郎に名誉ある降服を許し、一切を水に流して、あらためて帖佐の地に二万石を賜わったのではなかか」

「その源次郎さまを、いまになって、なぜ殺そうとなさっとでごわす。源次郎さまは、男の中の男、それを、狩りにこと寄せて殺そうとは、少将さまも卑怯でごわす」

「黙れ。殺すには殺すべき理由がある」

源次郎は再度謀反をはかった。大膳亮はそういう。平馬は信じられなかった。

「源次郎さまは、そげんお人ではごわはん。きっと、なにかの間違いでごわそう。だれかが源次郎さまをおとしいれようとして、よからぬうわさをふりまいたとでごわす」

「わしも初めはそう思うた。だが、動かぬ証拠があがったのだ」

源次郎はひそかに肥後の加藤家へ、

「いざという場合には、ご加勢の人数を賜わりたい」

と、使者を送って申し入れた。使者にえらばれたのは、源次郎のいとこ——伊集院甚吉であった。それから間もなく、

「あるじ忠真に謀反の志あり」

と、忠恒に密告した者がある。

「だれでごわす」

「使者に立った当の伊集院甚吉じゃ。平馬、これほどたしかな証拠はあるまい」

平馬はうなずいて口をつぐんだが、すぐまた顔を上げた。

「いまおっしゃったことが事実なら、狩場でだまし討ちにする必要はごわすまい」

「まっ正面から、堂々と討手をさし向けよちゅうとじゃな」

「そん通りでごわす。それならば、この淵脇平馬、自分からでもその役目、買って出もす」

平馬らしいいいぶんであった。

「そげんことができるくらいなら、苦労はいらん。わざわざおはんに頼むこともなか」

「正面から討手をさし向けては、せっかくおとりなしくだされた、家康公の手前まずいことになる。そうでごわすな」

「いかにも」

平馬はひざに目を落した。どうするか、心の中で自問自答しているらしい。大膳亮はにじり出た。

「引き受けてくれるな」

「…………」

「どうなんじゃ」

平馬は顔を上げた。

「いやでごわす。やっぱりいやでごわす。だまし討ちは性に合いもはん」

「まだそげんことを……」

「たとえ謀反のうわさが事実にもせよ、源次郎さまは、男の中の男でごわす」

平馬はよそでいう郷士、とるにも足らぬ外城衆中に過ぎない。それに引きかえ伊集院源次郎は二万石の大身《たいしん》である。したがって、口をきいたこともなく、遠くから顔を見たことが、何度かあるだけであった。

「なれどこの平馬は、源次郎さまが好きでごわす。尊敬しておりもす。その源次郎さまをだまし討ちなどできもはん。討ち取るなら、正面からぶっつかりとうごわす」

「できん相談じゃ。おはんの気持はようわかるが、ここは目をつぶって、鉄砲でやってもらいたか」

「いやでごわす」

「あくまでもいやか」

「念には及びもはん。――ただし、秘密は守りもす。一切、胸にたたんでおきもす」

こうなれば、てこでも動く男ではない。

「失礼いたしもした」

平馬は立ち上った。その時、次の間のふすまがあいた。

「待ってくれ、平馬」

押川治右衛門であった。治右衛門は、まかせてほしいと、大膳亮に目でいった。大膳亮は、うなずいて席をはずした。平馬は立ったままである。

「まずすわってくれ」

「そげん必要はなか」

「相変らずだな」

苦笑した治右衛門は、平馬の前に立ち、まともに向き合った。

「平馬。おはん、このおいば、どげん男じゃと思う」

「男の中の男と思うとった」

平馬の声には、初めからとげがあった。

「思うとった……」

「いまは思うとらんということじゃ」

「無礼な。いうてよかことと悪かことがあっぞ」

「何度でもいうてやる」

たたきつけるように平馬がいった。

「平馬。おいこそ、おはんを見そこのうとったごたる」

「なにっ」

「この押川治右衛門が、大膳亮さまのお指図を、黙って引き受けた。それを聞いただけで、おはんも、なんにもいわず承知してくれると思うとった」

平馬は、治右衛門の目を見た。悲しみともなんともつかぬ、深いものが宿っている。

治右衛門はつづけた。

「おいとおはんは、子供のころから仲がよかった。まっで影と形のごとあると、うらやましがられもし、笑われもした。じゃから、おいの心は平馬の心、平馬の心はおいの心、そげん思うちょったが、違うたらしい」

急に、治右衛門の目が強くなった。

「もういっぺんいう。おいはおはんを見そこのうちょった。おはんな卑怯者じゃ」

「おいが卑怯だと」

顔色を変えた平馬は、右手にさげていた大刀を、手早く左に持ちかえた。いつでも鯉《こい》ぐちが切れるよう、親指はすでにつばにかかっている。

「外へ出ろ。刀にかけて決着をつけてやる」

治右衛門はあわてなかった。

「せくな。もうちょっと、おいのいうことを聞け。心を澄まして聞いてくれ」

ゆっくりと、一語々々かみしめるようにいった。それでも、抜きうちを避けるだけの用意はして、平馬の左がわに寄った。

「いうてみろ」

「おいには、おはんの気持はようわかる。このおいとて、伊集院源次郎さまほどのお人、鉄砲で打ったりはしとうなか。できるなら、まっ正面から、名乗りをあげてぶっつかりたか。だが、それができんのだ」

「できんなら、断わればよか」

平馬は、刀のつばから、左の親指を離した。治右衛門は首を横にふった。

「そうはいかん。おいが断わっても、ほかの者が引き受ける。しょせん、源次郎さまの命はなかとじゃ」

源次郎だけではない。源次郎の母も、祖母も、弟の小伝次、千次郎、三郎五郎も、それぞれ別なところで、人知れず討ち果す手筈がついていた。

「そうか。もうそこまで……」

「おはんな、大膳亮さまが、そこまでおっしゃらんうちに、腹を立ててしもうた」

治右衛門は笑った。つられて、つい平馬も笑ったが、どちらの笑いも、どこか暗くこわばっていた。治右衛門はいった。

「平馬。いずれ助からぬ源次郎さまなら、いっそこのおいが……。おいは、そげん思うたとじゃ……」

平馬は目で答えた。

「そんかわり、こんどのお役目、見事しとげても生きてはおれん。おいの命も捨てねばならん。鹿と間違えて源次郎さまを殺した責めをとり、腹を切らねばならん……。でなければ、お家にわざわいがかかる……」

「わかった。わかったぞ治右衛門。おいを卑怯者というたわけが……」

「すまん。ああでもいわねば、おはんは帰ってしまうと思った……」

平馬は、治右衛門の額に汗を見た。平馬の額もぬれている。

「平馬、いっしょに死んでくれるな」

答えはなかった。

「どうなんじゃ」

「口でいわねばわからんか」

それが返事であった。

「平馬……」

治右衛門は、ごつごつした右手をさし出した。それを、平馬の右手がつかんだ。ふすまのかげで、大膳亮は、二人よりもなお汗まみれになっていた。

大膳亮は、そこで話を切った。あとをいうつもりはなかった。

「初めてうかがいもした……。いまがいままで、平馬は、あやまって源次郎さまを殺したとばかり思うていもした……」

あの日のことを、とせは語った。

「平馬は、名月はことしだけとはかぎらん。また来年もある。そうもいいもした……」

平馬は、あくまで平静だった。なに一つ、とせに悟られなかった。いまさらのように、見事とも、おそろしいとも思う。

「この七年のあいだ、わたくしは、夢にも知らずにいもした……」

とせはうなだれた。その姿を見て、急に大膳亮の気持がゆらいだ。かくすべきではない。かくさず、なにもかもいおうと思った。救いにまではならなくても、せめて多少の安らぎを与えてやりたいと思った。

七

平次郎はもう、軽い寝息を立てている。とせは、縁先に出た。ついさっき、そこまで届いていたはずの月の光が、いつの間にか遠のいていた。すわると、軒の板びさしの先にまるい月が見えた。仲秋十五日の月である。青いほど冴《さ》えている。以前は、こんなに青いと感じたことはなかった。もっと明るく、暖かい色だったと思う。青く冷たく感じるのは、きっと平馬の死の真相を知ったせいに違いない。

とせはいま、昼間、大膳亮が最後に語ったことを思い出していた。

平馬と治右衛門は、狩場での手筈をさずけられたあと、二人つれだって、土《ど》塀《べい》に沿った道を北に向った。家ははなれているが、方角は同じだった。大膳亮は、門の外に立って二人を見送った。あたりには、すでにたそがれが迫っていた。

見ていると、二人は途中で立ちどまって、二言三言なにかいったあと、まっすぐ家の方に歩き出さず、右がわに折れた。右がわには畑がつづいている。

大膳亮は、二人に気づかれぬようあとを追った。二人を疑うとか、危ぶむとか、そんな気持ではなかった。二日後の死を、いさぎよく覚悟してくれた二人の若さが、ふと哀れに思われたからである。

しばらく後、大膳亮は、豊かにみのった黍畑の中に隠れていた。そこから、さほどはなれぬあぜ道に、平馬と治右衛門は、背を見せて立っている。向うには、心もち色づきかけた陸稲の波がつづき、その先に、いつも見なれた低くてなだらかな山並みが見えた。紫がかった山ぎわに、いま昇ったばかりのまるい月があった。大膳亮は、今日が中秋ということを思い出した。

中天の月とくらべると、山ぎわの月は、ひどく大きく見える。黍畑の中から見ると、なおさら大きい。大きいが光はまだ弱かった。といっても、昼の月のように、そんなに白くはない。

平馬の声がした。

「中秋の名月じゃ」

すぐには返事がなく、かなり間をおいてから、治右衛門の声がした。

「ことしが見おさめか……」

「いうな治右衛門」

「あすは、野尻の狩場へ行かねばならん。あさっては鹿を打つ。うちに寝るのも今夜かぎりじゃ」

しみじみした声だった。大膳亮に大事を告げられて、さほどためらいもせず、

「あと二日の命でごわすな」

といってのけた時のさわやかさは、どこにもなかった。平馬の声がした。

「治右衛門、おはんらしゅうなかぞ。先に道をえらんだのはおはんじゃなかか」

「平馬。おいはまだ二十八じゃ。そして、おはんと同じように、女房もあれば子もある」

「いうな。そいはいうな」

はげしい平馬の声がした。それは、治右衛門をたしなめるよりも、自分自身をしかっているようであった。

「ほかの者にはいいはせん。おはんにじゃからいうとる……」

「治右衛門……」

あと、声が跡絶《とだ》えた。声が絶えると、虫の声が、にわかにあたりに満ちた。月の位置がすこし高くなっている。

治右衛門がいった。

「平馬、今夜はのもう。二人っきりで、心ゆくまで……」

大膳亮の耳から、虫の声が消えた。平馬の声を待った。虫は相変らずあたりに満ちている。ただ大膳亮の耳が、虫の音を失っているだけであった。平馬の声がした。

「いや、やめておこう」

「なぜじゃ」

「今夜とあす、たった二晩だ。この期《ご》に及んで、酒の力は借るまい。歯をくいしばっても正気で過ごそう」

「そげんつもりではいうとらん」

「わかっとる。とにかく、酒はのまんことにしよう」

やや間をおいて、治右衛門がいった。

「おはんな、強かなあ」

「強かもんか。人間はいっしょじゃ……」

また、声が絶えた。しかし、そう長くはなかった。

「平馬……」

答えはない。答えず、平馬は大きな息をした。その顔をのぞきこんで治右衛門が、

「おはん、なんば考えちょる」

「殿様のことじゃ」

と、平馬は答えた。妙に投げやりなひびきがあった。

「殿様のこと……」

治右衛門は、まじまじと、平馬を見返したらしい。はっきりわからぬが、そんな感じであった。大膳亮は、思わず身をこわばらせた。平馬の声が、大膳亮の心の中にまで飛びこんできた。

「おいどんたちが死んだことを、あとで聞かれても殿様は、おいとおはんが死ぬ二日前の晩に、こげんことを話し合うたては、思いもなさらんじゃろう。主君の命であれば島津家の侍は、薩摩隼人《はやと》は、迷わず黙って死んでいくものと、それがあたりまえじゃと、お考えなさるじゃろ……」

時と場所をたがえて、このようなことばを聞けば、大膳亮は黙ってはいなかったであろう。だが、いまは責める気にはなれない。まっかに熱した焼け火箸《ひばし》が、胸の中でじじっと音を立てた。

「治右衛門、帰ろう」

「うん」

「もういっぺん念ばおす。治右衛門、どげん苦しかっても杯はとるなよ」

「わかった、平馬」

その時の声は、もういつもの治右衛門であり、平馬であった。足音が遠ざかった。

その足音が、まったく聞えなくなってから大膳亮は身をおこした。

八

とせは、治右衛門の妻のたもを思った。今日、川田大膳亮は、たもにも会ったはずであった。たももやっぱり、黍畑のことを聞かされたのだろうか。

いつだったか、たもが、打明け話をしてくれたことがある。それは、平馬と治右衛門が死んで何年か過ぎ、夫のいない寂しさにもいくらかなれて、貧しくみじめな後家ぐらしの中にも、それなりの、ささやかな平安を見つけ出したころであった。

たもは、死ぬ二日前の治右衛門のことを語った。あの夜、治右衛門は杯を手にしなかった。そのかわり、二度も三度も、むさぼるようにたものからだを求めたのだという。やさしく、はげしく、そしてひどく執拗《しつよう》だった。さまざまな形を強《し》いられてたもは、

「人形ではございもはん」

といったほどだった。もっとも、こばむ意味ではなかった。その証拠に、あとではずかしいほどたもは乱れ、声をあげ、身をくねらせた。一度果てても、治右衛門はたもを離さず、しばらくして、ふたたび責めはじめた。たもも応じた。そのあと、どの

くらいたっただろう。治右衛門は、またもたもの肩を強くゆすぶった。

「またでございもすか」

さすがにたもはあきれ、こんどはすこしじゃけんにした。たもは、その時のことを、顔を赤らめて、しかし真剣に告げ、

「別れになることを、きっと虫が知らせたのでございもそ」

こんなことなら、じゃけんにするのではなかった、なんで最後まで、女の命を燃やしてやらなかったのかと、目に涙をたたえたものだった。今日、大膳亮の口から真相を聞いたとすれば、その思いは、さらに深まったに違いない。枕《まくら》をぬらして身もだえするたもの姿が、まざまざととせの目に浮んだ。

とせは、平馬のことを思った。あの夜、平馬は冷静だった。ふだんと、まったくかわったところはなかった。二日後の、のがれようのない死をみじんも感じさせなかった。

男とは、侍とはこうも強いものか。誇らしいような、悲しいような、うらめしいような、なんともいえないものが、とせの胸を満たした。月の位置がまた動いたらしい。光のさしかたが、さっきと違っている。

あの夜、平馬は一人で寝た。身分の低い郷士とはいっても、侍は侍である。ふしどをともにすることはない。とせを抱く時は、

「ここへこい」

と呼ぶのが常だった。とせは、満ち足りたあと、しばらく添い寝することはあったが、からだのほてりが静まると、そっと自分の床にもどる。そうせよと、実家《さと》の母にしつけられていた。

あの夜、一足先に寝た平馬は、すぐ軽い寝息を立てはじめた。やがて、とせも隣室の床にはいった。平次郎はぐっすり眠りこけている。

平馬は、こっちに背を見せていた。とせはなぜか眠れなかった。からだのしんが燃えはじめた。こんなことはめったにない。けれども、自分から求めるわけにはいかなかった。目をつぶったが、やはり眠れない。

とせは、いいわけを用意して、平馬のそばにいった。その夜は、あまり暑くなかった。いや、いまの季節にはめずらしく、涼しいほどだった。とせは、夜着をかけ直すふりをして、平馬の肩に手をふれた。相変らず平馬は、軽い寝息を立てて動かない。

ふと、憎かった。強く肩をゆすった。笑われてもよい。人に知られるわけではなしと自分にいい聞かせた。

「ねえ……」

平馬の耳に口を近づけた。平馬は、なにかもごもごといった。夢を見ているのかも知れない。とせは、もう一度平馬をゆすった。平馬はまたなにかいった。

「野尻の狩場から帰ってからじゃ」

多分、そういったようであった。その時のことを、とせはいま思い出していた。戸じまりをしようとして立ちあがったとせは、雨戸に手をかけて外を見た。月に照らされて、陸稲や黍畑がしろじろと見える。

不意に、黍畑にひそんで大膳亮が聞いたという、平馬と治右衛門のやりとりが、現実感を持ってとせの胸によみがえった。

「おはんな、強かなあ」

「強かもんか。人間はいっしょじゃ……」

その声をはっきり聞いたと思った時、とせは、あっと小さく叫んだ。おそろしいことが胸の中になだれこんできた。

「あの時、平馬どのは眠ってなどいなかった」

迷いではない。気のせいでもない。夫は、決して眠ってなどいなかった。わたしに背を向けて、必死になにかに耐えていた。もちろん、いまとなってはたしかめるすべもない。だが確信を持ってとせはそう思った。

雨戸から手を離し、とせは地面におりた。そこは、庭というほどのものではなく、粗末な垣根の先は畑になっている。

とせは、はだしで黍畑の中へはいった。むろん、大膳亮がひそんだ場所から四、五町も離れている。しかし、ほんの目の前に、治右衛門と平馬が立っていそうな気がしてならなかった。

「殿様は、なんにもご存じない……。侍の悲しみも……、その妻の悲しみも……、ほんとうのことはなんにも……」

平馬の位《い》牌《はい》の前に供えてある、殿様のくだされたという銀十枚が、とせの手の中で、羽毛のように重みを失った。のけぞるように、とせは中天の月を仰いだ。まるい、冴えざえとした中秋の月である。

平馬は、七年前の八月十七日に死んだ。昨日まで、とせにとって、忘れてならない日は十七日だった。でも、いまは違う。ほんとうに忘れてならないのは、八月十五日なのだ。今夜なのだ。

とせは、いつまでも、影絵のように立ちつくしていた。目にはなにも見えない。ただ、霞《かすみ》のような白さがあった。

春いくたび

山本周五郎

山本周五郎（やまもと・しゅうごろう）

一九〇三―六七。山梨県生れ。横浜市の西前小学校卒業後、東京木挽町の山本周五郎商店に徒弟として住み込む。二六年「須磨寺附近」が「文藝春秋」に掲載され、文壇出世作となった。『日本婦道記』が四三年上期の直木賞に推されたが、受賞を固辞。以後、「柳橋物語」「寝ぼけ署長」「栄花物語」「樅ノ木は残った」「赤ひげ診療譚」「五瓣の椿」「青べか物語」「虚空遍歴」「季節のない街」「さぶ」「ながい坂」と死の直前まで途切れなく傑作を発表し続けた。

一

霧のふかい早春のある朝、旅支度をした一人の少年が、高原の道をいそぎ足で里の方へと下って来た。……年は十八より多くはあるまい、意志の強そうな唇許《くちもと》と、睫《まつげ》のながい、瞠《みひら》いたような眼を持っている、体はがっちりとしては見えるが、まだどこやら骨細なので腰に差した大小や、背に括《くく》りつけた旅嚢《りょのう》が重たげである。

道は桑畑のあいだを緩い勾配《こうばい》で下って行く、桑の木はまだ裸であるが、もう間もなく芽をふくのだろう、水気を含んだ枝々の尖《さき》は柔らかくふくらんで、青みのさした樹皮には、霧の微粒子が美しく珠《たま》を綴《つづ》っていた。

少年はときどき立止りながら道を急いだ。

もうすっかり明けはなれているのだが、あたりは灰白色の霧に包まれてなにも見えない。……山の上から吹き下りて来る霧は、少年の体を取巻いて縦横に渦を巻き、押返したり揺れあがったりしながら下の方へと去って行く。……それはまるで音のない激流のなかにいるような感じだった。道が二つに岐《わか》れるところへ来た。少年は其処《そこ》で足を止めた。……そしてなにかを聞き取ろうとでもするように耳を澄ませた。……元服して間もないと思われる額に、濡《ぬ》れた髪毛《かみのけ》が二筋三筋ふりかかっている。かたくひき結んだ唇が微《かす》かに震えた。

人の走って来る跫音《あしおと》が聞えた。

少年の大きな眼がふっと光を帯びた。……なにか叫ぶ声がして、それから霧のなかに人影が見えだした。少年は二三歩たち戻った。……朧《おぼろ》な人影は霧に隔てられて見えつ隠れつしたが、やがて、驚くほど間近へ来てから不意にその姿をはっきりと現した。

髪を背に垂れた、十五歳ほどになる武家風の少女であった。手に辛夷《こぶし》の花を持っているが、ふっくらとした頬はその葩《はなびら》よりも白く、走って来たために激しく喘《あえ》いでいる唇にも血気《ちのけ》がなかった。……二人はかたく眼を見交したまま、やや暫《しばら》く黙って向き合っていたが、やがて少年がひどくぎこちない調子で、

「送って呉《く》れて、有難う、香苗《かなえ》さん」

と云《い》った。

すると少女も思い詰めた声で追いかけるように云った。

「どうしても、行ってしまうの、信之助さま。どうしても、もう……帰っては来ないのね」

「帰って来るとも、命さえあったら」

「きっと帰っていらっしゃる」

「帰る、きっと帰って来る、此処《ここ》は清水家の故郷だもの、何百年の昔から御先祖が骨を埋めて来た土地だもの、望みを果したらきっと帰るよ」

「待っていてよ、香苗は待っていてよ、……ですから」

少女は思うことが口に出ないので、もどかしそうに肩を縮めながら云った、「ですから若《も》しも、御出世をなさらなくとも、若しも戦で怪我《けが》をなすったり、それからもっと色々の、帰り悪《にく》いような事が出来ても、きっと、きっと帰っていらっしてね」

「斯《こ》うして、……約束します」

少年は片手で刀の柄《つか》を叩《たた》いた。少女は微笑《ほほえ》もうとしたが、それは泣くよりもみじめな表情であった。……別れる時が来たのである、香苗は辛夷の花を一輪折り取った。

「庭の辛夷よ、帰っていらっしゃる時まで持っていてね、香苗も一輪、――大切に持っているわ、そしてこんどお眼にかかる時には、二人でこの花を出し合って見るの」

「有難う、大切に納《しま》って置くよ」

「そしてその花があなたをいつも護《まも》りますように」

信之助はよその方を見ながら懐紙を出して花を包んだ。

香苗はもっとなにか云いたい風情《ふぜい》だった。言葉は胸いっぱいに溢《あふ》れている、けれどこんどはなにか云えば泣きだしそうだった、それでぎゅっと唇を嚙《か》みしめていた。

信之助は去った。

濃霧が直《す》ぐに彼の姿を押包み、嘘《うそ》のようにかき消してしまった。……香苗は同じ処《ところ》に立ってながいこと待った、信之助がなにか云い忘れたことを思い出して、戻って来るかも知れない、もういちど別れの言葉を呼びかけるかも知れない。……ずいぶんながいこと待ったけれど、信之助は戻って来ないし、声も聞えなかった。……それで香苗は眼を閉じ、いま去って行った人の俤《おもかげ》を記憶に留《とど》めようとした、ところがどうした訳かそこにはもう信之助の姿は浮かんで来なかった、ただもやもやとした幻のような影が、とらえどころのない形を描くだけであった。……そして哀《かな》しみのように霧が匂《にお》った。

――行ってしまった。

香苗は力の抜けた心でそう呟《つぶや》いた。

――自分の姿まで持って行ってしまったわ。……本当に帰って来るかしら、帰って来るかしら。

甲斐駒《かいこま》の嶺《みね》がぱっと、眩《まばゆ》いばかりに朝日に輝くその頂を現した。霧が霽《は》れだしたのである、灰白色の帷《とばり》はようやく薄れ、ひき裂けたり、固まったり、また千切れたり尾を曳《ひ》いたり、畑の桑や林の樹々《きぎ》にからみつきながら消えて行った。

香苗はそれでもなお、心残るさまに立ちつくしていた。

二

春は足早に過ぎて行った。

甲斐駒の峰々から残雪がすっかり消えると、朝毎《ごと》の濃霧もいつか間遠になり、やがて春霞《はるがすみ》が高原の夕を染めはじめた。谿川《たにがわ》の水は溢れるように嵩《かさ》を増し畑の麦は日毎に伸びた。……辛夷が散り桃が咲き、やがて桜も葉に変る頃が来ると、高原はいっぺんに初夏の光と色とに包まれる、時鳥《ほととぎす》や郭公《かっこう》の声が朝から森に木魂《こだま》し、谿谷《けいこく》の奥から野猿《やえん》が下りて来る。

香苗は生まれて初めて、この眼まぐるしい春の移り変りを心にとめて見た。

文久元年の春であった、自然の相《すがた》をそのまま写したように、世の中もまた激しい転変を迎えていた。……去年、詰り万延元年三月、江戸幕府の大老井伊《いい》直弼《なおすけ》が桜田門外に斬《き》られてから、ながいあいだ鬱勃《うつぼつ》としていた新しい時代の勢が、押えようのない力で起《た》ちあがって来た。暗澹《あんたん》とした世の彼方《かなた》に、最早《もはや》拒むことの出来ぬ新時代の光が近づきつつある。あらゆる人々の眼がその光の方へ向いていた。あらゆる人々がその光の方へ両腕をさしのべていた。山奥から海浜から、青雲の志をいだいて若者たちが京へ、江戸へと集まって行った。

信之助もその一人であった。……彼の家は甲斐七党の旗頭《はたがしら》として、幾百年このかた其《そ》の村に土着し、家柄高き郷士の名を相続して来たのだが、いつか家産は傾いていて、去年の秋の末に父が死ぬと、田地も家屋敷もすっかり他人の手に渡っていることが分った。……早く母を亡《な》くしていた信之助は、捨てられた猿のように孤独になった、けれど彼はそれを哀しむことさえせず、十八歳の胸いっぱいに、冒険と野心の焔《ほのお》を燃やしながら、濁流のような世の中へと出て行ったのである。

夏が来た。……風のない、ぎらぎらと煎《い》りつくような日が続いた、あるときは雷鳴が山峡にはためき、電光と白雨とが高原の野を狂気のように叩きつけた。

香苗の家は信之助の清水家に次ぐ旧家であった。厚さ三尺もある土塀《どべい》が、屋敷まわりの三方を取巻いていた。その中には母屋《おもや》だの隠居所だの、廐《うまや》だの下男たちの小屋だのが建っていたし、広い柿畑《かきばたけ》さえ取入れてあって、その柿畑のうしろはそのまま段登りに、深い松林で山へと続いていた。……そして秋になると、幾十疋《ひき》もの野猿の群が、柿を盗みに屋敷の中へやって来た、その土地では猿を殺さない習慣なので、威《おど》しの空鉄砲で追い払うのだが、猿たちが盗みとった柿を片手に抱えて、けたたましく叫び交しながら逃げて行くさまは面白いみものだった。

けれどその年の秋に限って、野猿たちは鉄砲で威される心配がなかった、彼等は毎朝、思うさま柿を食べ、持てるだけ獲物《えもの》を持って帰ることが出来た。……空鉄砲を射《う》つことも、追い払うことも香苗が禁じたのである。

香苗は信之助のことを思ったのであった、彼が出て行ったところでは、日毎に鉄砲が火を吹いているであろう、刀や槍《やり》が光り飛んでいるに違いない、信之助はその弾丸をくぐり刃《やいば》のなかに囲まれているのだ。……野猿の群に射ちかける空鉄砲の音は、そのまま信之助の命を射止めるもののように思われる、割り竹で追い立てる下男たちの姿は、傷ついた信之助を追い廻す幕吏の手を想像させるのだ。

香苗は、嬉々《きき》として柿畑の柿を荒している野猿の群を、幾朝も、幾朝も、ふところ手をしながら昵《じっ》と微笑みの眼でみていた。

やがて柿の実が、細枝の尖《さき》に一つ二つ、霜に打たれたまま取残され、野猿の群が姿を見せなくなると、驚くほど早く冬が来た。……甲斐駒の頂上に、或《ある》朝ふと白いものをみつけたと思ったのが、いつかしら峰々にひろがり、次第に下へと伸びて来る、裸になった桑畑の向うに、鎮守の森がひっそりと霜に凍って、弱々しい太陽の光が、重たく垂れさがった雲を割って、時々そっと畑地に射《さ》しては消えた。

遂《つい》に雪が来た。耕地も森も村々の家も、ながい雪の下に眠りだした。……吹雪の夜、厨《くりや》の戸がことことと鳴るのに驚いて出て見ると、餌《えさ》をあさりに来た鹿《しか》であったり、時には犢《こうし》ほどもある狼《おおかみ》であったりする。雪が歇《や》んで、月の明るい夜空には、鶴《つる》の渡る声を聞くこともあった。

こうして冬は、その重い銀白の外套《がいとう》で、高原の村々を無限のように蔽《おお》い隠してしまった。

三

香苗は待っていた。

時はすばやく経《た》って行った。……香苗が十九の年になったとき、甲府の名高い富豪の家から嫁に欲しいという話があった。

香苗は嫁には行かなかった。

香苗の父は数年まえから新しい事業を創《はじ》めていた、日本ではまだよく知られていない葡萄酒《ぶどうしゅ》の醸造を思い立ったのである。それは困難な仕事であった、樹の育て方も、搾《しぼ》り方も、それを醸《かも》したり、貯蔵したりする方法も、すべて手探りでやるようなものであった。失敗が失敗に次いで起った。山が売られ田が売られた、家も屋敷もいつか資金のかたに取られていた。……甲府の富豪と香苗との縁談は、そういう状態のときに始まったのである。けれど香苗は、遂に嫁入ろうとはしなかった。

　更に幾年か経って、世は明治と改元された。

　そして秋が来たとき、高原の西の方にある村へ、維新の戦で傷ついた青年の一人が帰ったという噂《うわさ》が弘《ひろ》まった。

　その噂を耳にすると直ぐ、香苗はその村へ出掛けて行った。……よく晴れた日で、熟《う》れた稲の穂波の上に、雀《すずめ》や百舌《もず》が騒がしく飛び交していた。道は遠かった、森をぬけ、丘をめぐり、細い谿流の飛沫《ひまつ》をあげている丸木橋を幾たびか渡った。……その青年の家は村の古い郷士の末であった。

「……知っています」

　青年は訪ねて来た香苗を、横庭の池の方へ導きながら語った。

「清水信之助とは伏見の戦争で同じ隊にいました。彼は勇敢な男で、命知らずという名を取っていました。……そうです。私は彼と一緒に寝ました。同郷だということを知ってからはいつも同じ蓆《むしろ》で眠り、同じ鍋《なべ》から菜《な》粥《がゆ》を啜《すす》りました。二年のあいだそういう風に戦っていましたが、……私がこの右足を失った日に」

彼はそう云いながら、添木《そえぎ》を当てた右の太腿《ふともも》を見やった、それは膝《ひざ》の上から切断されていた。

「その日に、……あの方は？」

「清水と私とは別れ別れになりました、それ以来、私は彼を見ないでしまいました。……集中して来た砲弾が私たちの小隊を全滅させたのです。生残ったのは、……片足を失った私と他に、人夫が二人だけでした」

「ではあの方は、あの方は……信之助さまは」

「私は二度と彼を見ませんでした」

青年は遠くの空を見やって咳《せき》をした。それから、苦しそうに松葉《まつば》杖《づえ》を突いて、頭を振りながら池の畔《ほとり》を廻って立去った。

香苗は家に帰って来た。……そして自分が少しも泣けないのに気付いて驚いた。……少しも泣かなかった、少しも、……信之助が死んだという青年の言葉は、なにかしら空々しいことのように感じられ、まるで知らぬ世界の知らぬ人の話としか受取れなかった。そして、

――きっと帰る、必ず帰って来る。

斯うして約束すると、刀の柄を叩きながら云った信之助の声の方が、青年の話より

も強く鮮かに、もっと生々して耳に蘇《よみがえ》って来た。

その冬、初めての雪が降りだした頃、香苗の家は遂に倒産した。……明日はその屋敷を立退《たちの》かなければならぬという、その前夜のことである。庭先に激しい物音がしたので、なにごとかと出て見ると、三十尺も高く伸びていた辛夷の木が倒れたのであった。

香苗は自分の部屋の窓を明けてそれを見た、枝を張り過ぎた辛夷は、雪の重みを支え兼ねて根元から折れたのである、……香苗はそれを見たとたんに恐しい悲鳴をあげながらうち伏した。

「信之助さまが、信之助さまが」

声をふり絞って狂おしく叫んだ。

父や母や、別宴のために集まっていた親族の人々が驚いて駈《か》けつけた。……香苗は身もだえをし、裂けるような声で信之助の名を呼びながら泣いた。

また会う日のために、二人が取交した約束の花、その辛夷が倒れたのを見て、香苗は信之助の死が本当だったということを感じたのである、……いや、雪の上に倒れている辛夷の木が、そのまま信之助の死体のように見えさえしたのだ。

香苗は泣いた。別れて以来いちども泣いたこともない香苗が、そのまま泣き死んでしまうかと思われるほど激しく泣いた。

……そして、一家が甲府の町へ移って行く日、彼女は代々の檀那《だんな》寺《でら》である桂円寺に入って髪をおろした。

香苗の涙の日が始まった。

四

春いくたび。……秋いくたび。

高原の村にも、年々の世の移り変りは伝わって来る、江戸が東京となり皇居が御東《ごとう》遷《せん》になった。諸藩が廃されて府県が置かれた。佐賀の乱が起り、薩摩《さつま》の乱が起った。人々はもう髷《まげ》を切っていたし、刀を差すことも禁ぜられた。マンテルを着た役人や、帽子を冠《かぶ》った人も珍しがられなくなり、やがて新聞がこの高原の村々にも配られだした。

香苗は桂円寺にはいなかった。

いつかの日、信之助と別れた二岐道《ふたまたみち》の畔に、小さな草庵《そうあん》を建て、朝夕を静かな看経《かんきん》に送り迎えしていた。……ときおり彼女の頰には涙の跡があったけれど、眉《まゆ》にも眼許《めもと》にも、今は心の落着いた静かさが溢れている。たとい少しばかり愁《うれ》いと哀しみの色が現れたとしても、却《かえ》ってそれは慈悲の光を加えるとしか見えなかった。

清国《しんこく》との戦争が布告されたとき、香苗は高原から下りて、街道の町はずれにささやかながら一棟の救護院を建てた。……ようやくゆききの繁《しげ》くなった旅人たちのなかで、貧しい人々には食を与え、病者には薬と部屋とを与えるためである。

それからのち数年のあいだ、香苗は朝早く草庵を出て救護院へ通った。……そこには常に二人から十人までの貧しい旅の病人が引取られていた、多くても十人は越さなかったし、少ないときでも二人より欠けたことはなかった。

或早春の朝、彼女が救護院へ行くと、そこには前日までいた二人の姿がなくて、新しい一人の老人が寝かされていた。

「珍しいこと、一人だけになりましたね」

「はい、昨日までいたあの二人は一緒に出て行きました、そのあとでこの老人が運ばれて来たのです」世話役の老婆《ろうば》が粥を作りながら答えた。……月心尼《げっしんに》（香苗の法名）は静かに病人の枕許《まくらもと》へ近寄って見た。老人の髪は銀のように白く、額には斜めに刀痕《かたなきず》があった、……上品な眉と唇許が、その刀痕と共に老人の身分を語っているように思われた。彼はよく眠っていた。

「普通の御病人とは違うようでございますよ」

老婆が囁《ささや》くように云った、「お召物も立派ですし、お口の利《き》きぶりも御様子も上品でございますの、そしてお供の人を伴《つ》れていたようなお話でございましたが。……お気の毒なことに頭を悪くしておいでだそうで、そのお供さんともはぐれ、此処まで来て病気におなりなすったのでございますね」

「それはお気の毒な……」

月心尼がそう頷《うなず》いたとき、その老人が不意に床の上へ起き直った。……あまり突然だったので、月心尼も老婆もあっと胸を衝《つ》かれた。

「ああ見える」

老人は大きな眼を瞠《みは》りながら叫んだ、「……錦《にしき》の御旗が、……砲煙の向うに、槍や刀がきらきらと光っている向うの方に、朱《あか》い朱い、美しい錦の御旗が見える」

「若《も》し、……若し、どうなされました」

月心尼は急いで側《そば》へ寄った。「……心をお鎮《しず》めなされませ、此処は甲斐国の田舎町でございます、戦はもう昔のことでございますよ、大砲も刀も槍も此処にはないのですよ」

老人は振返って彼女を見た。……なんの色もない、虚《うつ》ろな眼であった。彼はまじまじと月心尼の顔を見戍《みまも》っていたが、やがて寂しそうに首を振りながら云った。

「なにか、云ったのですね。……失礼でした、すっかり頭が狂っているものだから。……自分でも訳の分らぬ言《こと》を云うのです、時々。……恐らくまたあの戦の時のことを申したのでしょう」

「戦争でお怪我をなすったのですね」

「そうです、伏見の戦でした、敵の砲弾にはね飛ばされて」

「伏見。……伏見の戦で砲弾に……」

月心尼は突き飛ばされたように身を退《ひ》いた。忘れることの出来ない言葉である、それは既に遠い昔のことであった、秋の日盛りに訪ねて行ったあの村の青年から聞いて、もう三十余年の月日が経っている。……けれど月心尼の心にはまだ昨日のことのように生々しく残っている言葉だった。

「あなたは鳥羽で、鳥羽で戦ったのですね、鳥羽の戦で大砲の弾丸に。……それでは若しや、若しやあなたは、信之助さまではございませんか、清水信之助さまでは」

「信之助……清水……」

老人はけげんそうに首を振った、「……私の名は松本吉雄と云います、それに、……そういう名の人は知りません」

「よく考えて下さいまし」

月心尼は力を籠《こ》めて云った、「心を鎮めてよく思い出して下さい、あなたは信之助という名に覚えはありませんの？　ずっと昔、霧のふかい朝、香苗という娘と別れたことはありませんの、必ず帰って来ると云って、また会う日の約束に辛夷の花を一輪ずつ、お互いに持ち合って別れたことはございませんか」

老人は眤と眼をつむっていた。そして暫くすると静かに首を振って云った。

「御尼僧。……あなたも、誰かを待っておいでなのだな」

「…………」

「出来ることなら私は、その人だと云ってあげたい、けれど。……私にも捜している者がいるのだ、あなたが待っているように、私にも私を待っていて呉れる者がある。……私は大野将軍の副官として些《いささ》かの働きをした功で、将軍の家に引取られていた、そこにいれば安穏な生涯が送れた。……けれど私は、そこを出て来たのです、私を待っていて呉れる人に会いたいと思ったからです」

月心尼は老人の言葉を夢のように聞いていた。……聞きながら老人の顔を食い入るように見戍った、どこかに信之助の俤がありはしないかと思ったのである。……けれど、別れて以来殆《ほと》んど四十年になる今では、そして多くの辛酸に揉《も》まれて、遥《はる》かに青春から遠ざかっている今では、たとい其人《その》としても直ぐ見分けのつく筈《はず》はあるまい。

……月心尼の胸は新しい失望に刺されるような痛みを感じた。……老人は間もなく横になった。

五

その夜、草庵へ帰った彼女は、東京の大野将軍に宛《あ》てて手紙を書いた。松本吉雄という人に就いての問合わせである、書いてしまってから、彼女はそれを出そうか出すまいかに迷った。……そんなことをしても無駄だと思ったのである、月心尼は三日のあいだ、その手紙を机の上に置いたままにしていた。然《しか》し、そのとき汽車が初めて甲府の町まで延びて来て、郵便が一日で東京へ行くことを知った。

彼女は手紙を出した。

そして其日から草庵に籠《こも》ってしまった、返事の来るまでは外へ出る気もしなかったのである。……霧の下りて来る季節で、朝な朝な、草庵の周囲は灰白色の帷に包まれた、そして日が高く昇ると、雪のある甲斐駒の嶺が眩《まぶ》しくぎらぎらと輝いた。……月心尼は草庵のなかに坐《すわ》ったまま、終日看経していた、心は静かに澄んでいたし、眼には仏の慈悲を思わせる浄光が溢れていた。

その朝もふかい霧だった。

一人の配達人が東京からの返事を持って来た。……月心尼はそれを草庵の門口で受取り、静かに庵室へ入って封を切った。……手紙は将軍の直筆《じきひつ》で認《したた》められたものであった。

松本吉雄は自分が鳥羽の戦場で拾った男である、そういう書出しであった。……敵の集中砲弾にはねられて頭をやられ、すっかり記憶力を無くしているが、勇敢な兵士として自分の部下でよく働いた。そして薩南《さつなん》の乱には自分の身代りになって、敵の狙《そ》撃《げき》弾のため胸を射抜かれた。……彼の右胸にある弾痕が、自分の命を助けて呉れた記念である。……彼は尋ね人があるからと云って自分の許を去ったが、不自由な身だから、若し其地で困っているようなら是非面倒をみて貰《もら》いたい、此処に僅《わず》かながら金を封入する。

――そう書いた文面の末に、彼はもう自分の名も忘れているが、本名は清水信之助と云う者である。

と筆太に認めてあった。

「ああ、……」

月心尼は苦しげな声をあげた。……そしてその声よりも早く、彼女は立って、ふところから古びた紙包を取出した。

辛夷の花の包である。

月心尼は草庵を出た。走るまいと勉《つと》めたけれど、いつか気付くと走っていた。なにも思わず、なにも見えなかった。ただ足に任せて道を急いだ。

「ええ、あの御病人は、……」

四、五日見えなかった月心尼を迎えて、世話役の老婆は静かに答えた、「……ゆうべ、さようです、ゆうべ暗くなってから、ひょいと向うへ出掛けておいでなされましたですよ」

「………」

「さようです、ひょいと行っておしまいになりましたですよ、誰かあの人を待っているからと仰有《おっしゃ》いましてね。……月心さま、ですからもう一人も此処には居《お》りません、この救護院はじまって以来のことでございますが、一人もいなくなりましたですよ」

月心尼はなにも云わなかった。

草庵へ帰る道はまだ霧に包まれていた。吹き下りて来る濃霧は、彼女の軀《からだ》を取巻いて渦のように揺れあがり、押戻したり千切れたりしながら流れ去って行った。

月心尼の頰には泪《なみだ》が縞《しま》をなしていた。けれど、いま彼女の泣いている顔には、これまでながいあいだ静かな、慈悲の微笑をたたえていたよりも明るく、活々《いきいき》とした望みの色が満ちていた。

「信之助さまは帰って来ます」

月心尼は、いや香苗は、そのかみ信之助と別れた道の上へ来ると、じっと眼を閉じながら呟いた。「……きっと、きっと、信之助さまは此処へ帰っていらっしゃる」

突然、彼女の閉じた瞼《まぶた》の裏へ、あの日の信之助の姿が歴々《ありあり》と浮かんで来た。……別れた直ぐあとでも思い浮かべることの出来なかった信之助の姿が。……香苗はそのとき初めて、信之助を自分の手に取戻したように思った。

お江《ごう》さま屏風《びょうぶ》

永井路子

永井路子（ながい・みちこ）

一九二五年、東京生れ。東京女子大学国語専攻部卒。四九年に小学館に入社し、「女学生の友」や「マドモアゼル」等の編集に関わりながら執筆を開始。司馬遼太郎や黒岩重吾らの同人誌「近代説話」に参加し、六四年『炎環』で直木賞を受賞。八二年に『氷輪』で女流文学賞、八四年に中世を扱った歴史小説に新風をもたらした功績により菊池寛賞、八八年に『雲と風と』ほかで吉川英治文学賞、二〇〇九年に『岩倉具視』で毎日芸術賞をそれぞれ受賞した。

一

「情の薄い子よ、この子は」

お茶々《ちゃちゃ》はお江《ごう》のことを、ふたことめにはそう言った。

「亡父《ちち》君《ぎみ》の御最期《さいご》の話をしても、涙ひとつこぼさないんだから……」

今からかれこれ十年前の天正《てんしょう》元年八月、彼女たちの父親、浅井《あさい》長政《ながまさ》は、居城の小谷《おだに》城《じょう》をかこまれて非《ひ》業《ごう》の死をとげた。そのときのことを語るたびに、唇をふるわせ、黒目がちの大きな瞳《ひとみ》に涙さえうかべるお茶々にしてみれば、ぽかんとして聞いているお江の、その顔つきだけでも、腹を立てるのに十分だった。

が、そう言われても、お江はさして申しわけなさそうなふりもしない。お茶々の顔をぼうっとした瞳でみつめ、妙に機をはずすように間をおいてから、何か言いかけようとして舌なめずりした。

その瞬間、またお茶々の声が飛ぶ。

「そら、また！」

声だけではない、したたかに膝《ひざ》をつねられた。

「また、舌なめずりをする。そんなこと、下賤《げせん》の子がすることです！」

言いかけたお江の言葉は舌の先から引っ込んでしまっていた。が、もしそのひとことを聞いたなら、お茶々はさらに、彼女の頰《ほっ》ぺたぐらい、つねらずにはいられなかったろう。

――だって、お姉さま、わたし、あのとき、一つだったのですもの。なにも覚えていませんわ。

たしかにそのときお江はまだ、よちよち歩きもできなかった。そのときのことを思いだして泣けというほうが、無理なはなしなのである。もっともそのとき、お茶々だってまだ六つだったのだが、そんな子供にしては、おどろくほどの物覚えのよさで、お茶々はそのときのことを繰り返し語るのである。

お父さまは二十九、お母さまは二十七。しかも攻め手はお母さまの兄君、織田信長さまだった。お母さまのお苦しみ、合戦のすさまじさ。涙ながらのお別れをして、お母さまとお茶々たち三人姉妹が城を出たあとで、お父さまは本丸に火をかけて、華々しい戦死をとげられた……。いかにも目の前に落城のありさまを彷彿《ほうふつ》とさせるようなあざやかな語り口であった。

　お茶々の話はふしぎなことに、繰り返すごとに微に入り細にわたるようになった。おじいさまのお住まいだった京極曲輪《くるわ》。お父さまのいらした本丸の庭木のたたずまいから、お廊下の板戸の絵柄、また、そのときの攻撃側の木下藤吉郎、柴田勝家らの陣《じん》備《ぞな》え、彼等の合戦の駆け引きから、その日の空模様まで……。

　話が回をおってくわしくなるそのふしぎさにお江は気づいているのかどうか、ぼんやりと姉の顔をみつめて、ときおり例の舌なめずりをしかけてはやめるだけで、ついぞ、

　——お姉さま、ほんとによく覚えておいでですこと。

などと言ったためしはなかった。

が、このうすのろさは、お江のためには幸いだったかもしれない。間ぬけな相槌《あいづち》をうたれたら、この美しい姉は、お江の膝をつねるぐらいではすまさなかったろうから……。

　そこへゆくと、お江の上のお初は要領がよかった。感にたえたように姉の話に聞きいり、親子別れの場面ではきまって涙を流した。じつは彼女だって、たったの四歳、お城がおちたときのあかい火のいろのほかは、かいもく覚えていたわけではなかったのだが……。

それでもお初は、うすのろの妹のために、時には姉にとりなすような口をきいた。

「情が薄いのではありませんわ、この子は。すこし鈍いんです。なにもかもが……」

「そう?　そうね」

顔だちのよく似た美しい少女たちは、肩をすくめて笑いあう。どうやらお初は、妹をとりなすとみせかけて、姉に媚《こ》びたのかもしれない。

十代の三人姉妹——。

あつかいにくい年頃だ。しかもこの姉妹のように年が近いのはなおさらのことだ。奇妙な敵意と子猫みたいな狎《な》れあいとが熱っぽく渦をまいたあげくには、中のひとりははじきだされる。このとき、はじきだされたのは、ひとりだけ顔だちの違う間ぬけのお江だった。

ふつう、美貌《びぼう》の姉妹というのは、とかく、そりのあわないものだ。が、お茶々とお初は、このとき、その美貌のゆえに同盟を結んだ。ということは、二人に同盟を結ばせるほど、お江ひとりだけ器量が劣っていた、ということでもある。

——あんなのと姉妹だと思われるの、めいわくだわ。

早熟で、美貌の価値を知っていた上の二人は、言わず語らず、そううなずきあっていた。

たしかにそう言われてもしかたのないほど、お江の器量は悪かった。色も黒く、おでこで、眼と鼻が小さくて、頬ばかり広々として唇が厚くて——。

彼女たちの母親、お市の方は、織田信長の妹で、当代切っての美貌である。父の長政も、ちまちまとした小作りの造作だが目鼻だちは決していやしくない。お茶々もお初も、その両方のいいところだけとったような美しい少女なのにお江だけは、まるきり違うのだ。いわば百姓顔といったらよいかもしれない。思うに、浅井氏が、その昔、近江《おうみ》の一介の土豪であったころの御先祖のなにがしどのの面《つら》がまえが、何かの拍子に突然もう一度、お江の姿を借りて現われたのではないだろうか。しかもひどく間がぬけて鈍重で、舌なめずりをしてでなくては返事もろくにできない妹を二人の姉たちは、事につけて余計者のように責めさいなんだ。

——うすのろね、お前は。

——まあ、なんて顔しているの。

こういうことにかけては、その年ごろはひどく残虐《ざんぎゃく》なものだ。世の中の大人たちは、少女といえば、無邪気で純情なものと思いがちだが、大人のように遠慮したり手ごころを加えたりしないだけに、かえって酷薄さがむきだしになる。

母親のお市の方も、彼女によく似た二人の娘たちの意地悪を見てみないふりをしている。若くて寡婦《かふ》になってしまったこの佳人は、まわりのすべてのことに無関心になっていたのかもしれない。

もっとも、いくら姉たちにあげあしをとられても、当のお江はさしてこたえていない様子である。というより、むしろ、それがぴんぴんこたえるほどの敏感さを持ちあわせていなかったのだろうか。だから、その後間もなく、伯父の織田信長が、明智光秀の奇襲に斃《たお》れ、やがて母が北国の驍将《ぎょうしょう》柴田勝家に再嫁《さいか》することになったときも、彼女ひとりは、ほとんど何の反応もしめさなかった。

信長が死んだとき、お茶々とお初は手をとりあって泣いた。

「私たち、このお城を出なければなりませんわね」

お初は、かきつばたをぬいとりした綸子《りんず》の小袖《こそで》で目がしらを押えた。

当時彼女たちは信長のもとの居城清洲《きよす》にいた。そのあと作られた安土城には及ばなかったが、とにかく屈指の名城で、豪奢《ごうしゃ》な調度で埋められ、彼女たちの生活は何不自由なかったのである。信長の死が、たちまち、ここでの生活の終局を意味することに、お初は早くも気づいたのだ。

が、このとき、お江ひとりは、さしてうろたえた様子をみせなかった。あるいは、事件があまり重大すぎて、その意味がすぐにはのみこめなかったのだろうか。かつての日、父を殺したはずの伯父の突然の死を、手をとりあって悲しんでいる姉たちに、物珍しげな視線をむけているだけであった。

お市の方と柴田勝家の縁談が起こったのは、その後間もなくである。

「まあ、あの柴田と、お母さまが？」

お初はすこしがっかりした顔で言った。今まで伯父の一部将にすぎなかった武骨な田舎武者に縁づくことによって、まるで自分たちも一段格下げになるように思ったらしい。

が、お初よりさらに気位のたかいお茶々が、このとき、さほど反対の様子もみせず、むしろいそいそと、勝家の居城、北《きた》ノ庄《しょう》へ移る支度をしていたのはふしぎなことだった。もっとも、そのわけはあとになってわかった。

「羽柴筑前《ちくぜん》が、内々お母さまを所望していたらしいの。まさかねえ、あんなところへ——」

羽柴筑前——かつて小谷城攻略の先鋒《せんぽう》だった木下藤吉郎のところへなど、行ける道理はないというのである。

が、北ノ庄の勝家の城は、お市の方が縁づくと間もなく、その羽柴筑前の攻撃をうけて落城してしまった。

落城——。

お茶々から飽きるほど聞かされていた血なまぐさい修羅を、お江もみずからの眼で見なければならないときは来たのである。

が、お江のぼんやりした瞳は、このときも日ごろとは全く変わってはいなかった。戦いがいよいよ急迫すると、彼女たちも本丸の一郭に集められ、帯もとかずに一族とともに夜をすごしたが、お江はそこでもついうとうとと居眠りをして、お茶々にしたたか膝をつねられた。

戦局が悪化した最後の瞬間に、今度も母娘の身柄引き渡しの交渉が行なわれた。羽柴筑前は、おそらく母親のお市の方が目当てだったのだろうがお市はこの申し出を受けず、わずかの間生活をともにしたにすぎない勝家に殉じ、娘たち三人だけが城外に出た。

「お母さま」

別れのとき、いちばん大声をあげて泣いたのはお初である。緋色《ひいろ》に白桃を浮き出させた派手な小袖は、漆黒のうない髪と白い頬を持つお初によく似合って、絵にかいたように美しいだけに、哀れさもひとしおだった。お揃《そろ》いの小袖を着たお茶々はさすがに泣きはしなかった。が、取り乱すまいと、必死で耐えている頬からは血の気が失《う》せ、それが少女の美しさを、年には見えない凄艶《せいえん》なものにしていた。

最後に別れの挨拶《あいさつ》をしたのはお江である。これも揃いの桃の花模様の小袖を着ていたが、百姓顔には気の毒なくらい似合わなかった。母の前に出ると、彼女は、このときだけは姉たちに咎《とが》められもせず、ゆっくりと唇を舐《な》めた。が、それだけのことで、まじまじと美しい母をみつめ、泣きもしなければ、別れの言葉をのべもせず、黙ってお辞儀をして退《さが》った。

戦いが終わって間もなく、彼女たちは安土の城に移された。琵琶湖《びわこ》を望むその城で、お江は初潮を見た。

二

一、二年のうちに、お江の浅黒い肌に、ふしぎなつやが出てきた。姉たちの色白な皮膚にはみられないものだった。お茶々やお初の肌は幼女のそれに似て、透けるような美しさなのに、お江のは、よくしまった手ごたえのある皮膚の下から、自然と脂《あぶら》が滲《にじ》み出してきたような、ねっとりしたつやなのである。

姉たちは、女の仲間入りした妹の、そんな変わりかたを、人種が違う人間でも見るような眼付きで眺めては蔭口《かげぐち》をきいた。

「お江は娘になってから、前より品が落ちたようね」

眉《まゆ》をひそめるお茶々にお初は調子よく相槌をうった。

「ほんとに。下賤の娘のようになりましたわ。ああいうのを、お尻《しり》を撫《な》でてみたいような、というのでしょうか――」

言いかけて慌《あわ》てて口を押えた。たとい悪口にしろ、そんな下世話な言い方をするのを許す姉でないことを、お初は忘れていたのだ。はたせるかな、お茶々の眉のあたりは、さらにけわしくなったようだった。

ところが、この美しい姉たちをさしおいて、お江にまず縁談が起こったというのは、何ともふしぎなことだ。

「まあ、お江にですって？」

お初は最初聞きちがいではないかというような顔をした。相手は尾張大野の城主、佐治与九郎《さじよくろう》という青年武将である。が、彼が五万石にすぎない小身《しょうしん》と聞いて、お初はいくらか安心したらしい。

――そう、そのくらいがちょうどいいのよ、あの子には……。

姉たちは言わず語らずにそんなうなずき方をしていた。しかもこの縁談に、どうやら関白秀吉――かつての羽柴筑前が動いているらしいと聞くと、お茶々は露骨に軽蔑《けいべつ》したような顔をみせた。

じつは与九郎の父、佐治八郎信成のところへは、ついこの間まで秀吉の妹の朝日がとついでいた。それを近ごろになって秀吉は無理に離縁させ、彼の最大の敵である徳川家康に縁づけたのだ。典型的な政略結婚である。そして、朝日の実子ではないが、父の跡を継いで城主となった与九郎に、その穴うめとしてお江を嫁がせることを思いついたものらしい。

——なんという場あたりな……。

前のお茶々だったら、きっと反対したに違いない。が、いまは昔とは違う、父も母もいない娘たちは、自分のことだけでせいいっぱいだ。とにかく足手まといの余計なものは、いなくなったほうがいい……。お江が唇を舐めなめ、返事をしかけている間に事はばたばた進んでしまった。

が、いよいよ婚礼の行列がととのえられ、安土の城を出て行くと、天守からそれを見送っていたお初はひどく泣いた。

「お江、お江……」

いままでとかくつれなかった仕打ちを悔いているように、よそめには見えたけれども、案外、女としての出発点で先を越されてしまったことのくやし涙でなかったかどうか、それはお初のみが知ることであった。

出発のとき、涙ひとつ見せなかったお江の輿《こし》はみるみる小さくなって行った。婚礼の行列にしては早すぎる足並みは、あたかも、肉親さえも温い言葉をかけてくれなかった安土城を足早に立ち去ろうとしているお江自身の姿を思わせた。じじつ、幸菱《さいわいびし》を散らせた裲襠《うちかけ》に埋もれるようにして輿に乗ったお江は、一度もその城をふりむくことはしなかった。

お江の夫になった佐治与九郎は、柄は大きいが、風采《ふうさい》の上がらない男だった。彼の居城の尾張あたりは、いわば戦国の覇権争奪の檜舞台《ひのきぶたい》で、今川、土岐《とき》、斎藤、織田などの強豪がしのぎをけずったところである。こうしたむずかしい土地で小さな身代を保ってゆくのは、なみたいていのことではない。それら強豪たちの動きをすばやく読みとって変わり身を早くしなければならぬ。自然、佐治一族は用心ぶかく、どこか人の顔色を窺《うかが》う猫のようなところがあった。

佐治与九郎はお江を大事にした。口の重い彼女が喋《しゃべ》らぬうちに「ああか？」「こうか？」と先廻《さきまわ》りして、たいていのことは埒《らち》をあけてしまう。若いに似合わず、勘はよくて、彼が「こうか？」と聞くとき、決して壺《つぼ》をはずしたためしがなかった。今まで誰からもほとんど相手にされなかったお江は、かゆい所に手の届くような与九郎のいたわり方を、ただぼんやり眺めるばかりである。

さして美しくもないお江を、佐治与九郎がかくも大事にしたのは、彼女が近江の名家、浅井家の遺児だったからではない。用心ぶかい彼は一年ほど経《た》ったあとで、やっとお江を佐治家のものにしたと見きわめてから、前後の事情を打ち明けた。

「じつはあのとき、佐治の家は一大失敗をしたあとでな、悪くすれば身代を失うところだったのだ」

天正十二年、秀吉と家康が激突した長久手《ながくて》の合戦の折り、慎重な佐治にしては珍しく読みちがいをしたのである。

与九郎も父の八郎もこんどの戦は家康が勝つものと確信していた。だから、家康が長久手の合戦後、三河へ帰ろうとして、佐屋の渡しで船がなくて困っているのを知って、すぐさま船を出してこれをたすけてしまったのだ。

が、与九郎たちの予想に反して、戦いはうやむやな形で終わり、両雄は和解し、当分は秀吉の天下が続くことになった。しかも、秀吉があのときのことを根にもっていると聞いて、父子は縮みあがった。はたせるかな八郎の許《もと》へ嫁いでいた朝日はとりあげられ、八郎自身は隠居させられた。

――これは、いよいよ……と観念したやさき、何のきまぐれか、秀吉はお江をよこしたのである。

「それで、私を大事にしてくださったの」

ゆっくりとお江がそう言って笑うと、与九郎は慌てて首を振った。

「いや、そうじゃない……。はじめはたしかにそうも思ったが、今は……」

今はしんじつ、いとしいのだと溜息《ためいき》のように言い、お江の小さな乳房を愛撫《あいぶ》した。

「いいからだをしている。肌がきれいだ」

「そんなこと」

お江は小さく笑った。

「いつも姉さまたちに言われてましたもの。みっともなくって色黒だって——」

「女はそう言うだろうがね、男はこういう肌が好きなんだ。こう、吸いつくような……」

まもなくお江はみごもった。すると浅黒いその肌は、更にしっとりと潤《うるお》いを帯びて来たようだった。

お江の懐妊の知らせは、すぐさま姉たちに伝えられたが、このとき、ひどく衝撃をうけたのはお茶々だった。もっともお初は近江の名門京極高次との婚約がきまって、その支度に追われていたので、お江の子どころのさわぎではなかったのかもしれない。

が、とにかく、お江の嫁ぐときには、羨《うらや》ましげな様子を毛ほどもみせなかったお茶々が、まわりがはっとするほど頬を蒼白《あおじろ》ませ、唇をふるわせたのはふしぎなことだった。

なぜお茶々はそれほど衝撃をうけたのだろう。あるいは後年秀吉との間の一児を失い、また残った一人のために命まで失う宿命をもった母の本能が、われしらず、お江を嫉妬《しっと》したのだろうか。

そのころ、お茶々は、秀吉の側室になる話に決心がつきかねていた。

――あの筑前、あの藤吉郎めの……。

よりもよって仇敵《きゅうてき》視していた男の側室になるなんて……。

が、お江懐妊の知らせをうけて間もなく、彼女は急に決心を固めたようだった。大野城のお江は、はじめの女の子を産むより前に、姉が「天下さま」の側室となったことを知った。

つづけざまにもう一人、お江は女の子を産んだ。いかにも小さな大野の城主の妻らしい落ちつきが出てきたとき、お茶々が秀吉との間に男児を儲《もう》けた知らせが伝えられた。

お茶々の男児出産を喜んだのはお江よりもむしろ与九郎のほうだった。

「めでたい。殿下のおあとつぎだ」

お祝いに行かなくてよいのか、と与九郎は早速気をまわした。

「行くなら早い方がいい」

若君に献上する太刀や絹など、細かい心づかいを見せて、彼は腰の重いお江をせきたてるようにして大野城から送りだした。それが彼女との永遠の別離になろうとは、そのとき彼は思ってもいなかったのである。

三

お茶々のために作られた淀《よど》城は、祝いの客でごったがえしていた。いかに御寮人の妹とはいえ、たかが五万石のお江など、全く影の薄い存在だったにもかかわらず、秀吉はどういうわけか、格別彼女に眼をとめたようだった。

「そちの妹だけあって、よい女だ」

――まあ、お江を、よい女だなんて……。

お茶々は、妹をよい女だとほめる言葉をきいて、いぶかしげな顔をした。

――いい女なんていえるだろうか、あれが……。

たしかに数年前嫁にいったときにくらべてからだもひとまわり肉がついたし、どこか落ち着いた風格が出てきた。唇を舐めるくせはさすがになくなり、肌もつやつやしてきたが、相変わらず色は黒いし、目鼻だちは以前の通りである。が、数日経つと、秀吉がまた思いがけないことを言った。

「あの鼻がいい、まるで餅《もち》でもひねったようで、ついつまんでみたくなる」

あの鼻が！　こともあろうにお江の造作の中でもとりわけお粗末なあの鼻を、秀吉はほめたのである。

このとき、お茶々は、いつかお初が口をすべらせた「お尻を撫でたくなるような女」という言葉を、ふと思いだしたらしい。にわかに頰をこわばらせて、何かを言いかけようとしたのを知ってか知らずか、秀吉は屈託なげに言った。

「お江に聚楽《じゅらく》をみせてやれ、京もゆるりと見物させるのだな」

その言葉をまにうけたのか、お江はのんびりと淀城に滞在した。

――さ、早くお帰り！

お茶々が、いくらそんな素振りをみせても、お江はいっこうに感じとる気配はない。相変わらずの鈍感さにお茶々はいらいらするばかりである。今日は物詣《ものもうで》、明日は祭見物と、のんきに遊びくらしているお江の存在が、日いちにちとお茶々には鬱陶《うっとう》しくなって来た。

しかも、どういうわけか、秀吉は、お江とお茶々といっしょにいるときに限ってやって来る。

ひどく上機嫌で、天下人《びと》にしては少し品の悪い冗談を口にしても、相変わらず間ののびのしたお江は眉をひそめるでなし、気のきいた返事をするでなし、ただにこにこと笑うばかりである。が、お茶々はその笑顔に、ときおりきらりと眼を光らせる。まるでお江の浅黒い艶《つや》のあるからだからはなたれる、男にだけわかる、ふしぎな匂《にお》いをかぎわけようとでもするかのように……。

生まれて初めて、お茶々は自分の前に立ちふさがるお江を感じたらしい。突くともこづくとも動きはしない図々《ずうずう》しさで、でんと構えている妹のお江を。

「ね、そろそろ帰ったらどうなの」

いつかその声音《こわね》には哀願の調子がこもっていた。お江はそれに気づいていたかどうか、例によって、間をはずして、きわめて緩慢な言葉つきで、思いがけぬ返事をした。

「私も帰りたいのです。でも天下さまが……」

やっぱりそうだったのか！

お茶々はもう容赦しないで秀吉につめよった。

「お江をどうなさるおつもりですか」

秀吉はそらとぼけた返事をした。

「思いちがいをしてくれるな。じつは佐治与九郎について、かねがね考えているところがあるのだ」

「なにをお考えだとおっしゃるのですか」

「あいつはけしからぬやつだ」

「…………」

「さる長久手の戦いの折り、徳川の手引きをしおった。それさえなくば、あのとき家康めを……」

「だめです、そんなこと。長久手の戦いはいつあったとお思いになりますの？　お江が佐治に参る前ではございませんか。それほどけしからぬ奴《やつ》なら、なぜお江をおつかわしになりました？」

む、む……と秀吉は答えにつまった。

「いや、とにかく……」

「とにかく何でございますの？」

「とにかく……」

言いかけて顔をしかめ、首を振って秀吉は怒るように言った。

「佐治は俺の相聟《あいむこ》には不足だ。あれに義弟《おとうと》顔してしゃしゃり出られては迷惑だ」

「じゃあ、どんな相聟ならご満足遊ばします」

「それをしきりに考えているところなのだ」

ふいに秀吉は機嫌よくからからと笑った。

「そうだ、それを考えていた所だ。それを、なにを思いちがいして、このかわいい奴」

何も言わせまいとするように秀吉は乾いた唇を押しつけて来た。

「少し気が立っているぞ。ややを産んだあがりで疲れているのではないか……」

うまく丸めこまれた感じがしたが、それ以上突っ込む手だてはお茶々にはなかった。

以来、お茶々は秀吉に、お江の聟は見つかったかとせめたてた。それにせかされてか、秀吉は、やっと一人の男の名前をひねりだした。

丹波少将豊臣秀勝。

「どうだ、これなら俺の相聟におかしくはなかろう」

たしかにそのとおり、秀吉の姉の子で、秀吉の養子である。城内に止《とど》まっていたお江にお茶々から早速内意が伝えられた。それまでのいきさつを薄々耳にしていたとみえて、お江はさして驚くけはいは見せなかった。このときだけ、唇を舐める昔のくせがちょっと出て、それからゆっくり、たしかめるように言った。

「すると、大野へはもう戻れないのでございますね。子どもたちはどうなりましょう」

子供ははじめ手もとに引きとるつもりだった。が、どうしたのか、遂《つい》に子供たちはお江の所へはやってこなかった。秀吉の不興をこうむった佐治与九郎が自害の道づれにしたらしいという噂《うわさ》が伝えられたのは暫《しば》くたってからのことである。

このとき、お江は涙ひとつみせなかった。

「左様ですか」

それだけ言うと、遠くを見るような眼付きで押しだまった。

「こわい女よ、お江は……」

あとになって京極高次の室になっているお初が来たとき、お茶々はそう言った。夫も子供も、すべての過去を葬《ほうむ》り去って、丹波少将夫人におさまってしまったお江。心ならずもお茶々は、お江の出世のために手を貸してやったようなものだった。

「でも、丹波少将さまって、片眼が御不自由なのよね、生まれつきの……」

お初はそっと囁《ささや》いた。お江に太閤《たいこう》さまお身うちになり上がられて、身分も逆転されてしまったお初としては、このくらいしか、けちをつけるところはなかったのである。

が、こんどの結婚も、お江にとってさほど幸福なものではなかった。夫秀勝は結婚すると一年たらずで秀吉の朝鮮征伐に従軍して病を得て、ついにその地で陣没してしまったのである。ときに年二十四、お江十九歳。しかもこのとき、彼女は、またみごもっていたのである。

間もなく女の子が生まれた。その女の子の祝いもさることながら、またしても目の前をうろつきかねないお江のために、お茶々には、さしあたってしなければならないことがあった。

相聟さがし。

わざと前のいきさつは忘れたような顔をして、お茶々はやいやい秀吉に催促した。

が、もし――。

お茶々がお江の聟さがしに、それほど躍起にならなかったならば、彼女自身の運命も、少しは違っていたかもしれない。お茶々にひどくせっつかれたために、秀吉はとんでもない相聟をさがしあてるのだ。

彼の好敵手、徳川家康の嫡男《ちゃくなん》、秀忠。十七歳の少年である。

十七歳の少年に二十三歳の出もどり女房。この奇妙なとりあわせを考えついた秀吉は上機嫌だった。

「さきに家康にやった妹朝日は死んでしまったし、ちょうどよい折りでもある。かといって、まさか、あの狸親爺《たぬきおやじ》めにお江をくれてやるわけにも行かぬしな」

文禄《ぶんろく》四年九月、秋風の吹きわたる晴れた日に、伏見城の広間で二人の婚礼は行なわれた。年にしては体格のがっちりした少年と並んで、小柄のお江は、とても三人の子供を生んだ年増《としま》には見えなかったと聞かされて、

「そう」

お茶々は美しい眉を少ししかめた。彼女の夫は六十、お江の夫は十七。一つも二つも世代の違う人生を、彼女は妹のために開いてやったようなものではないか。それにしては婚礼に先立ってお江は何ひとつ礼らしい礼も言いはしなかった、と今になってお茶々は思い当たったようだった。

やがてお江は夫の領地である関東へ下って行った。このときもお江からは折り目だった挨拶らしい挨拶はなかった。今度は佐治与九郎に嫁いだときのようにお茶々はその輿を送りはしなかったけれども、おそらくあのときと同じように、お江の輿は足早にこの地を立ち去ったに違いない。何やら後ろ足で砂をかけられるようないまいましさはあったものの、半面、こんどこそお江が秀吉の眼の届かない所へ行ってしまったことに、お茶々はほっとしたものを感じていた。

四

関東へ下るとまもなく、お江はまたしても身ごもった。長女お千を産んだのが慶長二年、その後、お禰々《ねね》、お勝、お初と、ほとんど続けざまに子を産み続けてまわりを驚かせた。

「まあ、三十にもならないのに、七人も子供を産んで」

お茶々は、非難めいた口調で言った。その彼女の方はといえば、先に産んだ鶴松《つるまつ》は夭折《ようせつ》し、後から生まれたお拾《ひろい》（のちの秀頼）ひとり、しかもお江がお千を産んだ翌年秀吉が死んで寡婦《やもめ》になってしまっている。そうした彼女にしてみれば、お江がこれ見よがしに子供を産んでいるように見えたかもしれない。

もっとも、こうつづけて子供が生まれたのは、夫の秀忠の律義《りちぎ》さも手伝っていることは勿論《もちろん》のことだ。十九歳で父親になって以来、大柄な秀忠はぐっと貫禄《かんろく》ができた。口かずも少なく一見鈍重で、お江とは全く似たもの夫婦だった。はじめての夫与九郎は気は廻ったが落ち着きがなかったし、二度目の夫秀勝とは気心も知れないうちに別れてしまったお江にとって、この秀忠は、まことにうってつけの夫であった。

しかも彼は、父親の家康が、女と見れば、家柄器量にかかわりなくやたらに手を出したがるのと違って、融通がきかないくらい堅物だった。のちに駿府《すんぷ》に移った家康の所へ、秀忠が挨拶に来たとき、ひとり寝は淋《さび》しかろうと、家康らしい気のきかせ方で、お花という侍女をさしむけたことがあった。

「大御所さまよりのお菓子でございます」

わけを言いふくめられたお花が口実の菓子鉢を捧《ささ》げて現われると、秀忠はあわてて裃《かみしも》を着け、庭の木戸を開いてこれを招じ入れ、上座へ迎えいれると、さて、おもむろに平伏した。

「これはこれは、かたじけなき御志を頂戴《ちょうだい》いたし、恐れ入りたてまつりまする。大御所さまになにとぞよろしゅう御披露のほどを」

勝手がちがってお花がもじもじしていると、秀忠はいぶかしそうに言った。

「はて、お女中、ご名代の趣はすでに承った。早々にお帰りあって、その由《よし》復命はせられぬか」

先に立ってみずから木戸を開くので、お花はしかたなしにそのまま帰ってきてしまったという。のちに家康は、

「わが子ながら聞きしにまさる律義さよ」

と感嘆したという。

もっとも、この話、そのまま鵜吞《うの》みにしてしまうのはどうだろうか。つまり秀忠は、親に対してもそんなすっとぼけた芝居の打てる人なのだ。秀忠はとかく家康や家光の蔭にかくれて、ぱっとしない二代目だと思われがちだが、なかなか腹の底を見せない胆《きも》の坐《すわ》った男である。この点でもお江は好伴侶《こうはんりょ》を得たというべきかもしれない。

お江が三番目のお勝を生んだ年に関ヶ原の合戦が起こった。表向きの相手は石田三成と家康だが、もちろん、家康の目ざすところは豊臣氏である。三成等の敗戦の結果、豊臣方は甲冑《かっちゅう》をもがれた形で徳川氏に対することになった。

いったん勝ちに乗じた家康はお茶々と秀頼に対して全く容赦しなかった。この時になって、お茶々は、お江があまりにも遠くに離れてしまったことを思い知らされたに違いない。

「お江、お江」

——もし、そなたがもう少し近くにいれば、何かと骨を折ってくれるだろうに。が、遠く関東に下ったお江の姿は、憎々しい家康の蔭にかくれて、まるきりみえなくなってしまっている。いざというときのくさびに関東に送られたはずのお江は、そのときが来ても、知らぬ顔で子供を産みつづけているのだ。

家康も息子の嫁のことはまるきり忘れたような顔をしているし、こちらからそれを尋ねることはお茶々の自尊心が許さなかった。その姿は見なかったけれども、関ヶ原の合戦のとき、お茶々は、お江からいきなり拳《こぶし》をつきつけられたように感じたらしい。鶴松を産んだとき、大野城からやってきて、無遠慮に脂ののった肢体を淀城にのさばらせたお江の姿を、彼女は軍隊の蔭によみとったのである。

徳川と豊臣の間には、一時的な平和がもたらされた。それがみかけのものであることは誰にもわかりきっていたが、その平和偽装の波にのって、お茶々秘蔵の秀頼と、お江の長女お千の婚儀が行なわれることになった。ときに慶長八年、秀頼十三歳、お千七歳の七月であった。

そのお千につきそって上京してきたお江にお茶々は久しぶりで対面した。

なんという変わりかたであろう！

これがお江か？……。

浅黒い肌、小さな眼、小さな鼻。造作のひとつひとつは、まさしくかつてのお江である。それでいて、ふたり並んだとき、美貌には自信のあるお茶々さえ気圧《けお》されるようなその輝きは、どうしたことか！ 第一若い。お茶々と五つ六つしか違わないとはとうてい思われない。豊かで落ち着いていて、しかもあるなまめかしさを失っていない。

――天下さまは、あの日、今日のお江の姿を読みとっていたのだろうか……。

お茶々は女にかけては隅におけなかった夫秀吉の眼力に、いまさら思いあたったようだった。

徳川という厖大《ぼうだい》な武力を背に、いつの間にか居直ってしまったお江。目の前にいる彼女はすでに間ぬけな余計者のお江ではない。その間のびした返事のしかたさえ今となっては、おおどかな風格と感じられるではないか……まさしく、いま二人の位置は逆転してしまっていた。

「お千は私よりも姉上さまに似ているようでございます。どうぞ末長く、よろしゅう……」

ゆっくりした口調で他人行儀にそう言い、桐竹《きりたけ》を浮き出させた金襴《きんらん》の裲襠の腰をひねるようにして、お江は帰っていった。お茶々の瞳の中に、一瞬、蒼い翳《かげ》がはしった。

――もし、あれを、徳川に縁づかせていなかったなら……。

そうだ、そうしたら彼女はこれほどみじめな思いはしなくてすんだはずだ。が、いま、彼女自身が作ってやった花道を、それが当然とでもいいたげな足どりで歩んで行くお江、あの眼、あの腰。浅黒いあのからだはまた徳川の子供を産むだろう……。

はたしてその翌年、お江は男の子を産んだ。竹千代、のちの家光である。そして一年おいてまた男の子を、そのあと年子で女の子を、都合十人の子をお江は産んだことになる。

　お茶々は、大坂城に迎えられた稚《おさな》い花嫁のお千をちっともかわいがらなかった。お江の腹からうまれながら、ひとつも母親に似てはいず、むしろお茶々の少女時代そっくりなお千を、お茶々は時おり気味の悪いものでも眺めるように見ていることがある。

　大坂の陣が起こったのは、お千が嫁いで十年あまり経ってからである。徳川方のたくみな策略と武力にじわじわ追いつめられてゆく間に、妹のお初は姉のために何度か和解の労をとった。お初はそのころすでに高次に死なれ、寡婦となっていたが、それだけに身軽に動くことができたのだ。

「お江にもうまく話をしてみます。もとはといえばいっしょに遊んだのですもの」

　お初のそんな言葉に、お茶々は決して「よろしく」とは言わなかった。お江はもう昔のお江ではないのだ。お茶々の前でさえ堂々として顔を伏せないお江が、たとえお初が言ったとて、どんなあしらいをすることか……。はたして、お江は、会いたい、というお初の申し出さえも拒んだようだった。それでもお初はお初なりに懸命で、いよいよ大坂の落城が迫ったときも、そっと小声で言った。

「お千どのをお江の許へお返しになれば、お姉さまと秀頼さまのお命は保証されると思うのですが……」

しかし、お茶々は薄く嗤《わら》うばかりであった。

「そんなにお千がいとしければ、お江自身が出向いて来るべきです」

お江は決してそんなことをしないだろう。そしてそのとき、お茶々の脳裏をかすめたのは、かつての日、佐治与九郎との間に儲けた二女が殺されたときにみせた、お江の無関心さではなかったか。

「左様でございますか」

乾いた声でそう言い、遠くをみつめるような瞳をみせたお江。いま、もしお千の非業の死が伝えられたとしても、

「左様でございますか」

彼女は落ち着いてそういうだけであろう。

お茶々は決してお千を渡すまいと決心したようだった。

が、壮麗な大坂城の天守に火がかけられ、お茶々、秀頼母子が自害する直前、お千は城をぬけだし、家康の陣に走った。まさしく最後の瞬間に、お江はお茶々をみごとに出しぬいたのである。

五

美貌に恵まれ、もっとも才気にたけたお茶々が非業の死をとげ、美しくもなければ才気もない、ごく平凡なお江が最後の勝利者となる。これは理屈にあわない話だ。が、現実の歴史はえてしてそういう非合理をくりかえすものである。大坂落城のあと、ころげこんだ女人の王座に、お江はずしりとすわりこむ。長い間、黙って待ちうけていたものを当然わがものにするというようなふてぶてしさで。

考えて見ると、将軍家の御台所《みだいどころ》で、嫡男を産んだのは彼女のあとは誰もいない。他の正室は子供がないとか、女子しか産まなかったとか、たまたま男の子を産んでも早《そう》逝《せい》してしまうとかで、将軍になったのはいずれも側室の所生である（十五代の慶喜《よしのぶ》だけは父斉昭《なりあき》の正室の子だが、斉昭は水戸藩主だから、母は将軍家の御台所ではないわけだ）。

その上、秀忠は稀《まれ》にみる律義もので、徳川歴代の中で珍しく側室がない。

もっともその秀忠も、がらにもない浮気をして、大奥の女中に手をつけて男の子を産ませたことがある。

このときお江はそれに気がついていたのかいないのか、ひとことも文句を言わなかったが、秀忠は気の毒なくらいあわてて、ひそかに母子を信濃《しなの》高遠《たかとお》の城主、保《ほ》科正光《しなまさみつ》にあずけ、お江の生前は、ついに父子の対面もしなかった。何の文句をつけなくとも、そこにいるだけで奇妙な圧迫感を感じさせるようなものを、お江は持っていたのだろうか。

しかし、よそから見ると、がみがみ言ったり、はでな行ないで権威をちらつかせるよりも、妙にしんと落ち着き払っているほうが、かえって小面憎《こづらにく》いことがあるものだ。誰よりも先にそうしたお江に癇《かん》をたてたのが、家光の乳母の例の春日局《かすがのつぼね》である。人一倍権勢ずきで、はでにそれをひけらかしたいほうの彼女は、何を考えているかわからない御台所が扱いにくくてならない。まだ大坂の陣以前のことだが、竹千代さま（家光）に仕えはじめた彼女が細大洩《も》らさずその行動を報告し、彼女の奉仕ぶりを弁じたてても、この間のびのした御台所は、いつも、

「それは御苦労」

の一言でかたづけてしまう。降るような感謝と賛辞を期待していた彼女は、妙に肩すかしをくわされたような気がする。

——御台さまは若君に冷淡だ。

いつか彼女はそう思いこみ始める。

——きっと御次男の国松さまがおかわいいのにちがいない……。

が、局がそう思いこむだけの理由もないわけではなかった。嫡男の竹千代がひどく

口が重く、一見うすのろに見えかねないのに、二つ違いの弟の国松は、目から鼻にぬけるような神童だったからだ。たとえば父の秀忠から何か尋ねられても、竹千代がもたもたしているうちに、いつも国松がそれを引きとって、てきぱき返事してしまうのである。

春日局は国松の乳母に嫉妬した。自分がいかにも働きがないようにみえるのがくやしかった。乳母だけでなく、国松の側近の重臣、酒井忠利、青山成重、安藤重信、あの連中もみんな御台さまとぐるになって、国松どのを跡継ぎにするつもりらしい……。

こうした毒のある言葉というものは妙な力を持つものだ。そうでなくとも、権力の座にあるものは常に微妙な暗闘を繰り返している。そこへ春日局という火つけ役が現われたので、江戸城内にはあやしげな煙が渦巻きはじめた。

と、そのとき、突然、駿府から家康がやって来る。あわてて迎えに出た秀忠やお江、竹千代、国松などをじろりと見やり、竹千代だけを上段の間にさしまねいて、菓子を紙に包んで渡し、続いて上段に上がろうとした国松をとがめて、

「ここは将軍の居る所だ、国はあれにひかえておれ」

と厳しく言い、菓子も箸《はし》でつまんで投げあたえた。徳川三代将軍の跡目はこのとき定まった、と言われている。

春日局は鼻高々だった。のちになって彼女は誇らしげに言ったものだ。

「じつは私、伊勢詣《まい》りにことよせて駿府の大御所さまへ伺候《しこう》し、てんまつを申し上げましたの。もちろんその前から大御所さまの御側室、阿茶局さまへはお手紙で事情をお話し申しあげておきましたけれど……これで竹千代さまの将来は万々歳でございます。よこしまな動きは全部封じられてしまいました。さすがは大御所さまの御威光でございますわね」

言いかけて局は声を落とす。

「ごらんになりましたか、あのときの御台さまのお顔……」

が彼女はお江の顔ばかりみていて、大きな見落としをしていたようだ。ほかでもない、将軍秀忠の顔をである。

一見神妙に、かしこまったように見えた秀忠は、のちにお江と二人きりになったときに満足そうに言ったものだ。

「これで万事うまく行った。酒井、土井（利勝、当時の実力者）、安藤などの間がうまく行かぬのは困るからな」

どうやらこの大芝居は、初めから家康と秀忠の間に暗黙の了解があったようだ。秀忠は兄をさしおいて弟を跡つぎにすえようなどと思うほどおろかではなかったし、むしろ幕閣の実力者の軋轢《あつれき》こそ頭痛の種だったのだ。

こんなとき慎重居士《こじ》の秀忠は決して独断でもの事をきめず、何事も家康の意図から出た、という形をとった。「大御所さまの御威光」を最大限に利用していたのは、この秀忠だったのである。

たとえば彼は家康の死後、好きだった鼓《つづみ》をぴったり打たなくなった。

「御《ご》悲《ひ》歎《たん》のあまり停止なされたのでしょうか」

と土井利勝に聞かれて彼は答えている。

「いや、大御所さま御在世中はすべてあちらの御裁量で事が運んだことは周知の事実である。だから自分のすることなどは誰も関心をはらわなかった。が今は違う、自分に天下の関心が注がれている。だからいま鼓などを打てば、下々も必ずこれをまねて、世間じゅうが鼓打ちにならないとも限らないからな」

いわば、家康在世中は、わざと秀忠は名のみの将軍の地位に甘んじていたのだ。また、それだけ賢明な息子を見ぬけない家康ではないはずだ。たかが春日局の告げ口にのせられて、のこのこ駿府からやって来るわけがない。

「ともしらず、当分は春日め、手柄顔してのさり出ることであろうよ」

寝物語にこういって笑ったとき、お江も、うっすらと笑いをうかべたようだった。

そもそも、お江が竹千代に関心を示さなかったからといって、国松を偏愛していると思いこんだのは、春日局のあさはかさである。

いったい、戦乱の世を生きぬいて来たお江が、いつ人を偏愛したことがあったろう。父の顔も知らず、母の愛も薄く、姉たちからは余計者扱いにされ、最初の夫と娘たちは殺され……。かつての日、あの娘たちの死を聞いたとき、

「左様でございますか」

表情もかえずにそう言ったお江であることを、春日局は知らなかったのだ。いや、たとい知ったとしても、愛憎の念のひと一倍強い彼女には、お江を理解することはできなかったかもしれない。

春日局は、その後暫くいい気持ちだった。自慢話にはますます尾鰭《おひれ》がついた。

「何しろ、みんな国松さまにひいき致しますでしょ。献上物もそれはたくさんですのに、竹千代様の方には誰も来ないのです。仕方なしにお遊び相手のお小姓たちのお菓子は、私が財布をはたきまして……」

言いすぎれば嘘《うそ》になることに、彼女自身は気づいていない。こんな話はときおりお江の耳にもはいって来る。が、お江は何とも言わない。局がいくら吠《ほ》えたてても、それで傷つく自分でないことは、お江自身がよく知っているはずである。一見鈍重にみ

える生き方にささえられ、それによって、乱世にも傷つかずに生きて来たお江は、そんなとき、ものうげに薄い笑いをうかべるだけであった。

お江が死んだのは寛永三年。五十四歳の秋だった。生前いつのころからか、お江の常の居間には双曲屏風《そうきょくびょうぶ》が飾られていた。金泥《きんでい》に桜の幹を黒々と描き、一面に薄紅色の桜花を装飾風に咲かせた、桃山ごのみの豪華な屏風である。散りはじめた花びらを浮かせた池のほとりに三人の女が坐っている。花の宴《うたげ》の趣向である。

晩年、それぞれ娘たちを嫁がせ、末娘の和子を時の天皇、後《ご》水尾《みずのお》に入内《じゅだい》させてやっと身辺の雑事から解放されたお江は、ひっそりと茶を点《た》てながら、その屏風と向かいあっていることが多かった。

桜の下の女ひとりは、凄艶なほどの美貌で、どこやらお茶々のおもかげがあった。それに向かいあったいちばん年下らしい少女は、顔は見えず、うない髪の背をむけてちょこなんと坐っている。

お江の死後、その屏風は、いつか「お江さま屏風」と呼ばれるようになったが、江戸城大火の折りに焼失して、いまは伝わっていない。

夫婦の城

池波正太郎

池波正太郎（いけなみ・しょうたろう）

一九二三―九〇。東京市浅草生れ。下谷・西町小学校を卒業後、茅場町の株式仲買店他に勤める。戦後、東京都の職員として下谷区役所等に勤務。長谷川伸に師事し、新国劇の劇作を数多く発表。五〇年代半ば頃より小説創作に転じ、六〇年「錯乱」により直木賞を、七七年吉川英治文学賞を、八八年菊池寛賞をそれぞれ受賞。八六年紫綬褒章受章。「剣客商売」「鬼平犯科帳」「仕掛人・藤枝梅安」の三シリーズは今なお愛読される大ベストセラー。

一

正子《せいこ》は、上州・箕輪《みのわ》の城主、長野業政《なりまさ》の長女に生まれ、十七歳で嫁入った。

二十二歳の新郎は、同じ上州の国峰《くにみね》城主、小幡信定《おばたのぶさだ》（憲重《のりしげ》ともいう）である。

長野家も小幡家も、関東管領《かんれい》・上杉憲政《うえすぎのりまさ》の麾下《きか》にあり、この結婚も憲政の命によるものであった。

いわゆる群雄割拠する戦国の世の、武家の女の常として、正子も一種の政略結婚をしたわけで、

「めでたい。これで余も安堵《あんど》をしたぞ」

と、上杉憲政は平井の居城から、国峰へ出て来てわざわざ両家の婚礼にも列席し、

「長野も小幡も、余が股肱《ここう》の臣じゃ。若き信定が老巧の業政の聟《むこ》となること、何よりもたのもしく、よろこばしい」

上機嫌であった。

いまの上杉家には、斜陽の影が濃い。

諸方の戦国大名の威圧にはさまれ、昔日《せきじつ》の羽振りを失いつつある上杉家が、両家の婚姻を心強く思うのは当然のことであり、上杉憲政は、三日三夜にわたる祝宴がすむと、

「信定。これよりは、余とそちの生死は共にぞ」

熱情をこめた一語を残し、平井へ帰って行った。

小幡家の慣例により、新夫婦は、この夜はじめて寝所を共にしたが、翌朝、新郎の信定が老臣・入江《いりえ》内膳《ないぜん》に、

「醜女《しこめ》の上に、どこもかしこも、細く小さく、何やら玩具《てあそび》を扱うているようで、味気もないわ」

と、もらした。

興ざめたような苦笑を浮かべている若い主《あるじ》を見て、

(無理もござらぬわい)

内膳は、胸の中で舌うちをした。

幼少のころから信定の面倒を見てきている入江内膳は、

「いずれ、この戦乱の世もおさまりましょう。そのときまで、若は小幡の家名を立て通さねばなりませぬ。そのためには油断なき心の目をやしない、猛《たけ》き武勇の大将とも

なって、大殿の後を継がれ、この国峰の城を守りぬかねばなりませぬ」

と、懸命に訓育をした。

信定もまた、この老臣の期待にこたえた。

少年のころから戦場に出て、少しも負《ひ》けをとらなかったし、信定が十七歳になると、病身の父・顕高《あきたか》も、

「もはや、いつ死んでもよい」

愁眉《しゅうび》をひらいた。

とりわけ、信定の武術は関東一帯の武将たちの間にもきこえ、特に騎射の妙技は瞠《どう》目《もく》すべきものがあった。

信定の、青年の特権そのもののような柔軟で強靭《きょうじん》な体躯《たいく》が馬上に躍動しつつ、矢籠《やかご》から抜いた矢をつづけざまに弓へ番《つが》えて放つ速射の美技を見たものは、

「あれは、魔法の弓じゃ」

などと、いい合った。

加えて、小幡信定は美貌《びぼう》である。

居館で食事の給仕をする侍女たちが、信定のすずしげな目に見られて手もとが狂い、よく器物を落した。

信定は小幡家中《かちゅう》の誇りであり、入江内膳の自矜《じきょう》であった。

「若には、天下一の美しい嫁御寮を……」

というのが、内膳の口癖になっていたものだが、それだけに、新婦の正子が国峰の城へ送りとどけられて来たのを見て、

(長野のむすめが、これほどにひどいとは思いもよらなんだわい)

内膳は顔をしかめた。

だが、これも上杉という大勢力の下にある小幡家にとっては、拒みきれぬ至上命令による結婚なのだ。

党閥に拠《よ》ることは、どうしようもない人間の生存本能である。

一城の主が一国を統治するためには、より強大な勢力の庇護《ひご》を必要とする。ことにそれが、予断をゆるさぬ武力と武力の争いを日常のものとして生きて行かねばならぬ時代にあっては、男も女も我身だけのことを考えていて事がすむわけのものではない。

(ひどい女を嫁にしたものだ)

と思いはしても、

(一日も早く、この女に、わしの子を生んでもらわねばならぬ)

信定は、うすい雀斑《そばかす》の浮いた正子の顔をながめ、肌の色のくろい小さな骨張った体を抱き、夜《よ》毎《ごと》に愛撫《あいぶ》を加えた。

武人の家にとって、男子の出生は欠くことの出来ぬ条件である。早いほどよい。

主は戦火の中に、いつ果てるか知れたものではなく、そうなれば子が後をつぎ、そしてまた子の子が後をつぐ。根を絶やしてはならない。そのことに一城の主は責任を負わねばならぬ。

なぜなら、城を、家来を、国を守らねばならないからだ。

それでも、たまさかには、

「肌につけよ」

信定が、高価な化粧品を京の都から取寄せてやったりすると、

「わたくしには似合いませぬ」

正子は、明国《みんこく》渡来の〔唐《から》の土〕とよばれる白粉《おしろい》にも見向きもしなかった。

「つけよ」

「いやでございます」

「強情な女め」

「はい」

「つけてみよ。そなたのくろい肌も、いくらかは白くなろう」

「白うなければなりませぬか？」

「くろいよりは、白いほうがよいではないか」

「肌が白うなっても、このわたくしの顔だちが、殿にふさわしきものにはなりませぬ」

正子は、たしかに、おのれを知っていたようである。

二

翌年に、男子が生まれた。

これが上総介信真《かずさのすけのぶざね》であり、二年後にもうけたのが弾正信重である。

そのころから、正子に変貌がきた。

小づくりな体に、みっしりと肉がみちて、腰まわりもゆたかになり、小さく低い鼻《び》梁《りょう》にさえも女の威厳がそなわってきた。

同時に、二子をもうけた正子の肉体が、女としての自信を強烈にうたいはじめた。

「そなた、美しゅうなったな」

寝所で妻の体をまさぐりつつ、信定が思わず声を発したこともある。

あるとき、並んで居館の廊下を歩いていて、信定がいった。

「そなた、背丈が伸びたのではないか……」

「まあ……」

正子は、さも可笑《おか》しげに笑ったが、ややあって、

「いかにも、心のうちには背も伸びた思いもいたしまする。それもこれも、かわらぬ殿のいつくしみがあればこそ——」

と、こたえた。

ふしぎなことに、このころから、正子は仕舞い忘れていた〈唐の土〉を取出し、肌につけはじめたものである。

ぬめやかな彼女の凝脂《ぎょうし》は、こだわりもなく白粉をうけいれ、

「お城の御寮人さまは、めっきりと美しゅうなられた」

領民たちまでが、噂《うわさ》するほどになった。

つづいて昌定《まささだ》が生まれ、昌高が生まれた。

入江内膳は間もなく歿《ぼっ》したが、これを病床に見舞った信定に、

「殿。今になって思うに、御寮人は見つけものでござったな」

と、内膳がいった。

「爺《じい》も、そのように思うか」

「思いまする」

「わしも思う」

ともかく、夫婦仲は濃密の度を増すばかりで、信定も二男出生の後には、二人の側室を廃し、かたく身を持したという。

毎年のように、信定は上杉憲政の重臣として出陣をした。

戦っては国を守り、妻を愛し、子をもうける。

火花が散るような歳月の流れであった。

十年の経過は、わけもなかった。

戦場から城へ帰るたびに、小幡信定は、城門口へ迎えに出ている正子へ、

「また生きて戻ったぞ」

と、声を投げた。

信定と正子が夫婦になってから十二年目の天文《てんぶん》二十年秋に、異変の前兆が見えた。

八十余年前——足利《あしかが》将軍・義政のころから日本全国に波及した守護大名や豪族たちの戦乱は、ようやく、いくつかの大勢力の拮抗《きっこう》にしぼられつつあった。

ちなみにいうと、豊臣秀吉《とよとみひでよし》による天下統一を見るためには、尚《なお》、三十余年を待たね

ばならなかった。

中国や九州の大名たちはさておき、小幡信定にとって問題なのは関東の形勢である。

武蔵《むさし》・相模《さがみ》には、新興勢力の北条氏康《ほうじょううじやす》が目ざましい擡頭《たいとう》を見せている。

甲斐《かい》には、もっとも強大な武田晴信《たけだはるのぶ》（信玄）がいた。

越後《えちご》には猛勇を誇る長尾輝虎《ながおてるとら》が、関東制覇を狙《ねら》っている。

足利将軍の力は衰弱しつくしてしまい、現に、上杉憲政が任じている〔関東管領〕の役目は、足利将軍の命によって関東一帯の政治を総管するというのだが、今は名のみのものとなり、憲政は、武田や北条の侵入を防ぎ切れないのが実情であった。

（こうなれば……）

上杉憲政は決意をした。

（長尾輝虎と手を結ぶより道はない）

と、いうのである。

こうなるまでには、さまざまの経過と確執があったわけだが、

（管領の職と名家・上杉の称号を長尾輝虎にあたえ、輝虎をして上杉家を守らしめよう）

憲政の決意が、ようやく定まったのは、重臣・長野業政の進言に負うところが多い。

業政は、早くから越後の長尾輝虎と通じていたらしい。

「輝虎公は希代の勇将じゃ。管領の殿をふくめ、われらもその旗の下へ入ることが、もっともよいことである」

長野業政は、聟の小幡信定へも諭しきかせたが、

「不承知でござる」

信定は、きっぱりといった。

「なぜじゃ？」

「輝虎には天下をとれますまい」

「いうな。輝虎公こそ天下人《てんかびと》の器量をそなえた武人である」

「越後は地の利がございませぬ。天下をおさめるためには、先《ま》ず京へのぼり、京をおさめて帝《みかど》の御心を安んじ奉《たてまつ》らねばなりますまい」

雪ふかい越後から、大軍をひきい上洛《じょうらく》するという不利な条件だけを見ても、長尾輝虎には天下がとれぬと、信定はいったのである。

「なればこそ、われらが関東の地を輝虎公へゆずりわたそうというのじゃ」

舅《しゅうと》は何とか聟を説き伏せようとしたが、

「それがしは、不承知」

断固として、信定はゆずらない。

しかし信定も、主家の上杉が、いずれは天下を統一する筈《はず》の大勢力の中へふくみこまれなくてはならぬことを知っていた。

小幡信定は、

「甲斐の武田晴信公をたのむべし」

と、主張をした。

ここで、上杉傘下《さんか》の武将たちが二つに割れた。

「これからは舅殿と争わねばならぬことになった。こらえてくれい」

信定が告げると、

「お心のままに――」

正子の顔色は微動もしなかった。

この年――。

信定は三十三歳。正子は二十八歳。

十一歳の長子・信真を頭に、夫婦は男ばかり四人の子持ちであった。

三

翌天文二十一年になると、小田原の北条氏康が大軍を発し、上州へ侵入して来た。

上杉方の武将たちも、それぞれに城を出て、総大将の上杉憲政をたすけ、諸方に転戦をした。

だが、形勢は悪くなるばかりである。

〔管領府〕とよばれ、上杉の居城がある平井は、現在の群馬県・藤岡《ふじおか》市の西方一里余の地点にあった。

小幡信定の国峰城へは、約五里をへだてている。

その平井の城が守り切れぬときいて、

「管領の殿を、わが城へお迎え申せ」

そのとき、館林《たてばやし》のあたりで北条軍と戦っていた小幡信定は、侍臣・猪子《いのこ》瀬兵衛に精鋭の一隊をつけて平井へ差向けると共に、

「こうなれば、殿を擁して国峰へ立てこもり、武田の援《たす》けを乞《こ》うのみだ」

決意すると、信定はたちまちに敵中を突破し、国峰へ引きあげて来た。

城を出るときは目もくらむほどの炎暑であったが、いま、鏑川《かぶらがわ》に沿って進む敗軍が

仰ぐ冷え冷えとした空の色は、すでに秋のものであった。

城は、雄川の流れを見下す山上にあった。

城門には、城を守っていた信定の従弟・小幡図書之介《ずしょのすけ》はじめ、例によって、子供たちにかこまれた正子が出迎えており、

「生きて戻ったが、これより籠城《ろうじょう》じゃ。忙《せわ》しゅうなるぞ!!」

信定は、城門をくぐりつつ叫んだ。

帰城した小幡勢は、休む間もなく籠城の準備にかかった。

甲斐の武田家へ向けて、ただちに密使が出発をした。

夜に入ってから、信定は図書之介をよび、

「わしは、どこまでも武田をたのむつもりだが、箕輪の舅殿は、すでに長尾輝虎に通じていることと思われる。わしもおぬしも、共に長野家のむすめを妻にしておる身だが、これからは舅殿と戦わねばならぬ。わかっていような」

と、念を入れた。

図書之介は、三年前に、正子の妹・於富《おとみ》を妻に迎えている。

正子はともかく、年も若い於富は、実父の長野業政と争う夫を見て、哀《かな》しみもし狼《ろう》狽《ばい》もするであろう。よくよく気をつけ、いたわってやれと、信定は従弟にいった。

「案ずるには及びませぬ。於富は、あね上と共に女どもを指図し、いさましく立ちはたらいております」

小幡図書之介は、平然とこたえた。

そこへ、正子と於富が身仕度も凛々《りり》しく、薙刀《なぎなた》をかいこみ、これも武装の侍女たちを従えてあらわれた。

「於富。これも戦国のならいだと思え」

信定が、なぐさめてやると、

「お気づかいなされますな。小幡の家のものとなった於富でございます。実家《さと》の父のことは忘れまいた」

於富は、しっかりとこたえた。

正子も、年若な末妹の顔をたのもしげに見やり、

「わたくしから、いいきかせるまでもありませなんだ」

と、信定にいった。

あとは、上杉憲政の来城を待つばかりとなったが、夜明けと共に、意外な知らせがとどいた。

憲政を迎えるべく館林を先発した猪子瀬兵衛が汗と埃《ほこり》にまみれて到着し、

「平井の城は空《から》でござる。管領の殿は手勢をひきいて城を出《いで》られ、行方知れずとなりまいた」

「何――」

信定もおどろき、

「殿は、いざとなれば、わしに同意なされ、国峰へ籠城するとおおせられていたのだぞ」

「なれど、どこにもおわしませぬ。北条勢がひしひしとつめかけておりまするし、それがしも空の城を守るわけにも行かず、思いきって引きあげてまいりました。おそらく、明朝には、管領府も敵の手に――」

「む……」

信定は沈思した。

どこかが狂っている。

上杉憲政にも、その下に戦う武将たちにも何かが欠けている。

一丸となって戦う連携が全く行われていない。

何も知らず正直に戦いぬいていたのは、自分一人だけのように思えてきた。

このことは戦闘の最中《さなか》にあって、何度も信定の胸裏をかすめた不安である。

（もしや……殿は、わしを見捨てて長尾輝虎の下へ走ったのではないか？）

その通りであった。

後にわかったことだが――あくまでも武田家をたのむ小幡信定の強固な主張をおそれた上杉憲政は、

「信定めが余の意に従うとは思われぬ」

と、かつては生死を共にと誓った重臣に、一語のことわりもなく、さっさと長尾輝虎のもとへ逃げこんでしまったのである。

四

二日後に、国峰城は包囲された。

北条軍にではない。越後から押し出して来た上杉軍の先鋒《せんぽう》と長野業政の連合軍に囲まれたのである。

舅の長野業政は聟の小幡信定へ使者をよこした。

上杉憲政は、いま箕輪城に居《お》り、管領職ならびに統下諸国を長尾輝虎へゆずりわたすことになった。輝虎も大軍をひきいて関東へ出向し、憲政を庇護することになったのだから、抵抗は無駄である。すぐに城を明けわたすがよかろう。と、業政はいってきたのだ。

「卑怯《ひきょう》な――」

舅の陰謀が、こうまで迅速にはこばれていようとは、信定も気づかなかった。舅・業政の肚《はら》のうちは、上杉家を長尾輝虎へ売ることにより、輝虎に取入って功名を得ようというのだ。

　小幡図書之介が、従兄の信定にきいた。

「いかがなされます?」

「いうまでもない。わしは、どこまでも武田の援軍にたより、籠城の決心だ」

「武田が、果して手をのべてくれましょうか?」

「くれると思うから籠城するのだ」

「もしも……」

「疑いの心あって戦さが出来るか」

　信定の決意が少しもゆるがぬのを見て、

「では、そのお言葉を舅殿へつたえまする」

「図書之介。おぬしは籠城が厭《いや》か。厭なれば城を出て敵に降《くだ》ってもよいのだぞ」

「何をおおせられます。それがしも小幡一門でござる。どこまでも殿と共に――」

図書之介は、胸を張って信定に忠誠を誓ったものだ。

この夜更《よふ》けに、夜襲があった。

「この城は、なかなかに落ちぬぞ」

信定は不敵に笑い、みずから手勢をひきい、

「門をひらけ」

奮然と逆襲に出て、敵を蹴《け》散《ち》らしておき、

「おぼえたか」

颯爽《さっそう》と城内へ戻って来た。

ところが、大将を迎え入れた城門は、そのまま開かれ、門外の曲輪《くるわ》を守る兵も夜の闇《やみ》にまぎれて、どこかへ散ってしまった。

裏切り者が出て、敵を迎え入れたのである。

裏切ったのは小幡図書之介であった。

雪崩《なだれ》こむ敵を見て、信定は、さすがに驚愕《きょうがく》した。正子や子供達に別れを告げる暇《いとま》もない急変なのである。

「瀬兵衛。わしは死ぬる。そちは正子と子たちを逃がしてくれい」

猪子瀬兵衛に命じ、信定は、二の曲輪内まで流れこんで来た敵を迎え撃った。

（せめて、図書之介の首を……）

叫喚と血の飛沫《しぶき》の渦巻く何とも名状しがたい惨劇の中に槍《やり》をふるいつつ、小幡信定は、

（わしも人がよすぎる。上杉の殿にも、長野業政にも図書之介にもあざむかれた……）

口惜《くや》しさに涙があふれてきた。

小幡軍の中にも、図書之介の手勢は敵に寝返り城中に火を放ったので、情況は、さらに悪くなった。

この夜のことを、信定は、よくおぼえていない。

何しろ敵味方の区別もわからぬ混戦であって、図書之介の妻の於富さえも乱闘に巻き込まれて死んでしまったほどだ。

自分が防いでいる間に妻子がうまく落ちのびてくれればよい。子たちが生きてくれれば、小幡の家名も世に残ろうという思い、信定は手兵を指揮し、渾身《こんしん》の力をふるって闘いに闘った。

気がつくと、夜が明けていた。

密林の中に、信定は七名ほどの侍臣にかこまれていた。

（ようも逃げられたものだ……）

血まみれの全身を草の上へ投げ出し、小幡信定は、

（これから、どうすべきか……？）

茫然《ぼうぜん》と、たちこめている霧の幕を見つめた。

しかし、落ちて行く先は、甲斐の国の他にない。

きびしい探索の目を逃れ、信定が古府中《こふちゅう》（甲府）の城下へ到着すると、

「ようまいられた」

武田晴信は、こころよく信定を迎えてくれたが、半月後に、正子や子供たちが、猪子瀬兵衛ほか数名の士と共に古府中へやって来たのを見たときには、

「正子。そなたはもはや、この世のものではないと思うていたぞ」

信定は武田家の士が見ている前で、いきなり妻を抱き、あたりもかまわず落涙したという。

五

十二年後の永禄《えいろく》六年二月――。

武田信玄は関東へ出陣し、上州一帯を制圧した。

このとき、国峰城は小幡図書之介のものになっていたが、疾風のような武田軍の攻撃に合い、ひとたまりもなく城は落ちた。

図書之介は捕えられ、その場で腹を切らされ、その家来たちは武田軍に収容された。

このとき小幡信定は、武田信玄から信州・小日向《こびなた》に領地をもらい、西牧の城を守っていたが、

「ふたたび国峰へ戻ったがよかろう」

と信玄は、信定に国峰城をあたえてくれた。

信定夫婦は、十二年ぶりに国峰へ帰ったが、二十四歳に成長した長男の信真は、信玄の旗本として甲斐にとどまることになった。

信定四十五歳、正子は四十歳である。

次男の信重も二十二歳になっており、

「早いものだな。わしが信重と同じ年齢《とし》に、そなたを妻にした」

「いやいやながら、迎えて下されました」

「またそれを申す」

「色がくろいと申されて……」

「妙に、こだわるではないか」

「それが、女というものでございます」

正子は、妹・於富の墓を城中に建て、供養《くよう》をおこたらない。

「思えば、図書之介もわが従弟ゆえ、あわれな末路であったが……於富も可哀相《かわいそう》なことをした。それはさておき、於富は図書之介の裏切りを知っておったのかな？」

という信定の問いに、正子は悲しげにうなだれ、

「夫婦でございますもの。まして、妹は図書殿と仲よう暮しておりましたし……」

と、つぶやいた。

以来、信定は妻の傷心へふれぬことにした。

長尾輝虎は、上杉家を継ぎ、謙信と号し、武田家との宿命的な対決は、有名な三年前の川中島における決戦の後も尚つづいている。

武田信玄の勢力は伸張の度を加えており、信玄は、天下制覇の土台を着々と築きつつあった。

信定夫婦が国峰へ帰った翌永禄七年二月——。

古府中から使者が来て、武田信玄の親書を、小幡信定へもたらした。

一読して、信定は愕然とした。

信玄は、次のようにいってきている。

そこもとも国峰へ戻られ、こころよく新年を迎えられたことと思い、祝着至極《しゅうちゃくしごく》である。

さて、このたび使者をつかわし自分の意をつたえるが、そこもとも乱世に生きる武将として、よくよく事をわきまえ、問い返したり、いいわけなぞをせず、きっぱりと自分の意に従ってもらいたい。

それは、そこもとの内室を離別してもらいたいのである。内室は、長野家から出た女子《おなご》であるし、いまの長野家は、わが敵上杉の家臣となっている。このさい、敵方の女を妻にしておらるることは、自分に忠義をつくすべき身として如何《いかが》なものか——。このことは、いうまでもなくおわかりのことと存ずる。

内室離別のあとに、自分が、そこもとへ似合いの女を妻《め》あわせたい。

信玄のいうことは当然であった。

結婚が政略のためというなら、離別もまた同様なのである。

上杉憲政なぞとは比較にならぬほどの英雄である武田信玄につかえている一武将として、このことを断わるわけには行かない。

断われば、今度こそ小幡の家の滅亡である。

「承知つかまつる」

と、武田家の使者にこたえて、使者が古府中へ帰った日の夜、信定は居室に正子をまねき、先ず、信玄の親書を見せた。

読み終えて、正子がしずかにきいた。

「離別なされますのか?」

信定は苦しげに首をふり、

「むむ……」

うめいた。

「離別でございますな?」

「ゆ、ゆるせ……」

「わかりましてございます」

「何事も家のため、子のためじゃ」

「なれど……わたくしは承知いたしませぬ」

「何――」

「厭でござります」

「ききわけてくれぬか」

正子は、じろりと信定を見やり、

「わたくしと共に、この城へ火を放ち、ほろび死《じに》いたそうお心になっては下さいませぬか」

「わし一人のことではないのだぞ」

「かまいませぬ。信真も信重も、父母にうらみをかけることはありますまい」

小柄ではあるが肉づきのよい妻の、どっしりとした姿や声に、信定は圧迫された。

だが、信定は気を取直し、

「いうな。武門のならいじゃ」

きびしく叱《しか》りつけると、押しかぶせるように正子が、

「先ず、おききなされませい」

夫の信定を怒鳴りつけたものである。

正子は、その場に老臣の猪子瀬兵衛をよびよせ、

「瀬兵衛殿は、十三年前、この城が敵の手に落ちたるとき、わたくしと子たちにつきそい、共に落ちのびましたる生き証人でござります。ゆえに、これからわたくしの申しあげますことは、すべて瀬兵衛殿が承知のことゆえ嘘《うそ》いつわりではございませぬ」

それから、正子が語るすべてをきいたとき、小幡信定の顔面は蒼白《そうはく》となり、次いで見る見るうちに充血をした。

あの落城の夜、攻め入って来た敵軍が図書之介の裏切りによるものと知ったとき、正子は薙刀の鞘《さや》をはらい、まっしぐらに二の曲輪内にある図書之介の居館へ駆けつけた。

「御寮人、危のうござる。引返されい」

叫びつつ、猪子瀬兵衛も後につづいた。

於富が図書之介の侍臣数名に守られて脱出して来たのは、このときである。

「於富。待ちゃれ!!」

曲輪東の走長屋の前で、正子は妹をよびとめ、

「そなたは、図書殿の裏切りを知っていやったな」

声をかけると、於富は悪びれもせず、

「いかにも――」

と、こたえた。正子は薙刀をかまえ、

「この城は、小幡信定が城じゃ。ゆえにこそ、そなたもわが妹ながら裏切りものであるぞ」

「姉上も降ったがよろしい。わたくしが取りなし、命のみは助けて進ぜまする」

「いうな――殿への申しわけに、そなたの首を討たねばならぬ」

叫ぶや、正子は猛然と薙刀をふるって突進した。

これを阻《はば》もうとする図書之介の侍臣たちと、猪子瀬兵衛ほか数名が揉《も》み合うようにして激突した。

数時間の後に、城外へ脱し四人の子供たちをはげましつつ、稲含山《いなふくみやま》の山腹まで来た正子の左手には、しっかりと於富の生首がつかまれていた。

猪子瀬兵衛が、

「御寮人に、かたく口どめをされ、今まで申しあげませなんだが、これは一大事にござる」

といい出したとき、

「いうな、瀬兵衛」

信定は立ちあがり、

「すぐさま古府中へまいる。馬の仕度をせよ。なれど、このことは誰にも申すな。わし一人にてまいるのじゃ」

「わたくしも――」

正子は目をつりあげ、懐剣を引きぬくや、いきなり自分の髪の毛を束ねて切り落し、

「夫婦共に武田の御館《おやかた》さまへ申しあげましょう」

と、いった。

間もなく、小幡信定は男装の正子と共に騎乗で城門を出た。

猪子瀬兵衛一人が、これに従った。

軽井沢から上田へ出て、雪の和田峠を越え、信定夫婦は五日目に古府中へ着いた。

信定は、すべてを武田信玄に語り、

「わが妻の赤心を、まだお疑いめさるるなれば、この場において首討たれようとも心残りはござりませぬ」

といい、正子も、

「裏切りしたる妹ながら、妹もまた夫《つま》にまごころをつくしたまでのことにございまする。わたくしとても、妹を好んで手にかけたのではございませぬ。ただ武門の女として順逆をあやまらぬためにいたしましたること。それもこれも、わが夫の城に汚名をきせぬためでございました」

たまりかねたようにいいさし、火のような双眸《め》で信玄を見、

「わたくしは、小幡信定の妻にございまする」

凛然《りんぜん》といい放った。

武田信玄は、瞠目して正子をながめていたが、ややあって、青々と剃《そ》りあげた入道頭を左手に撫《な》でながら、

「昌信《まさのぶ》」

傍にいた重臣・高坂《こうさか》昌信をかえり見て、

「どうじゃ」

にやりと笑い、

「これほどの女御《おなご》をわが妻にしてあれば、男どもの苦労は絶えようにの」

と、いった。

翌日、小幡信定夫婦は、晴れ晴れと国峰の城へ帰って行った。

編者解説

縄田一男

時代小説において、女の覚悟は〈生〉を貫く時に、男のそれは〈死〉と対峙《たいじ》する時に決まる。

そこで『絆《きずな》を紡《つむ》ぐ』『志に死す』の二巻のアンソロジーを編んでみた。この二巻に収録された作品のどれ一つ取ってみても自信をもってお勧めできる逸品揃《ぞろ》いである。従って私も作品をもって作品を語らせるしか術《すべ》がない。よってこの解説は、作品を読了した方のみに効用があるというべきか。

・「意気地なし」（藤沢周平）

この一篇で作者は、素晴らしいヒロインを創造した。裏店《うらだな》で家族とともに暮らし、間もなく、祝言《しゅうげん》をあげようという年頃の娘おてつである。

相手は、兄・藤太郎の兄弟子だった大工の作次で「姿がいなせで、男らしく引き緊《しま》った顔をして」いて、既に棟梁《とうりょう》から鑑札をもらっている、一見、非の打ちどころがなさ気に見える男である。

が、そんなおてつの前に登場するのが、女房に死なれた男やもめで、生まれたばかりの赤ん坊を泣かせてばかりいる伊作で、自分自身もめそめそしている〝意気地なし〟である。

作品を読了された方はお分かりのように、作者の眼目は、おてつの頭の良さを描くところにある。何気なく放たれるお増の「遠慮してんだよ、あのひとは」の一言も見事な伏線であり、女の幸せのありかがどこにあるかを作品は見事に提示している。

・「仲秋十五日」（滝口康彦）

滝口康彦は、あまりにも「切腹」として映画化された「異聞浪人記」の、そして「上意打ち　拝領妻始末」として映画化された「拝領妻始末」の作者として語られすぎたきらいがある。

が、作者にとって、このレベルの作品は数多くあり、当代きっての士道小説の名手であったというべきである。

「仲秋十五日」も、そうした一篇だ。

主人公・平馬がどんな思いで「名月は、ことしだけとはかぎらん。また来年がある」といったのか――。

読み返してみると胸がつぶれるような思いがするだろう。

そして驚くべきことに作者は男だけではない、女もきちんと描いている。ラストで平馬の妻とせのいう「殿様は、なんにもご存じない……」以下の言葉の何という切なさか。名手の本領を十二分に発揮した逸品である。

・**「春いくたび」（山本周五郎）**

幕末、一人の少年が青雲の志を抱いて、風雲京洛《きょうらく》の巷《ちまた》に旅立つ。そしてそれを見送る少女がひとり。

少女は、庭の辛夷《こぶし》の花を折り取って、互いに再会のしるしに持っていようという。少年は、その花を懐紙に包んで故郷を後にしていく。

作品を読了する前に読者諸氏は、この何やらロマンチックな題名を見てどんな物語を想像されただろうか。

作者は記す――「春いくたび。……秋いくたび」と。

だが、あることから少年＝信之助の死を確信した少女＝香苗《かなえ》は、尼となる。そして意外なかたちで願いが叶《かな》えられたかに見えたのも束《つか》の間《ま》、物語は唐突に幕となる。

これは、その語り口からみても、山本周五郎一流の逆説的メルヘンとでもいうべき一篇ではあるまいか。

・「お江《ごう》さま屛風《びょうぶ》」（永井路子）

この作品は、お市の方が産んだ三姉妹、お茶々、お初、お江のうち、主にお茶々とお江の対立関係を軸として描いた作品である。が、果たして、いつも舌なめずりをしているお江にどれだけの敵対心があったのかは、定かではない。

むしろ、お江に追いつけ、追いこせとばかりに戦国の世を歩んだお茶々にとっては、これは、転変する悲喜劇といえよう。

反対にお江の方は、その心の底が記されていないだけ、何やら得体の知れないところがある。

そして作者の記すように、理屈に合わない歴史の上をしたたかに生きたお江の他に、将軍家の御台所《みだいどころ》で嫡男《ちゃくなん》を産んだ者はいない。さらに、春日局《かすがのつぼね》といえどもうかがい知ることのできなかった、お江の「左様でございますか」の一言の真意を知ったとき、私たちも慄然《りつぜん》とせざるを得ないのだ。

・「夫婦の城」（池波正太郎）

夫＝男の城ではなく、夫婦の城となっているところが既にミソである。

物語は、関東管領・上杉憲政《うえすぎのりまさ》の麾下《きか》にある上州箕輪《みのわ》の城主・長野業政《なりまさ》の長女・正子《せいこ》と、同じ上州国峰《くにみね》の城主・小幡信定《おばたのぶさだ》が、憲政の命で政略結婚をするところからはじまる。ところが信定、正子のことを「醜女《しこめ》の上に、どこもかしこも、細く小さく、何やら玩具《てあそび》を扱うているようで、味気もないわ」というのだから身もフタもない。

作品の読みどころは、この正子の変貌《へんぼう》ぶりである。そしてそれが面白いのは、御家を二分する、上杉、武田《たけだ》の対立関係の中で行われていくことである。そして信玄がラストでいう、「昌信《まさのぶ》」「これほどの女御《おなご》をわが妻にしてあれば、男どもの苦労は絶えようにの」の一言を読むと、所詮《しょせん》、いつの世も男は女に頭の上らぬものといわざるを得ない。

以上五篇、裏店で春を待っていた娘から、天下人の妻まで、その立場は異なれど、腹のくくり方は、男に優るとも劣らない。是非とも解説の冒頭で述べた男性篇『志に死す』と読み較《くら》べていただきたい。

（令和元年十一月、文芸評論家）

底本一覧

藤沢周平「意気地なし」（新潮文庫『時雨のあと』）
滝口康彦「仲秋十五日」（講談社文庫『薩摩軍法』）
山本周五郎「春いくたび」（新潮文庫『与之助の花』）
永井路子「お江さま屛風」（文春文庫『一豊の妻』）
池波正太郎「夫婦の城」（新潮文庫『黒幕』）

表記について

新潮文庫の文字表記については、原文を尊重するという見地に立ち、次のように方針を定めました。

一、旧仮名づかいで書かれた口語文の作品は、新仮名づかいに改める。

二、文語文の作品は旧仮名づかいのままとする。

三、旧字体で書かれているものは、原則として新字体に改める。

四、難読と思われる語には振仮名をつける。

なお本作品集中には、今日の観点からみると差別的表現ととられかねない箇所が散見しますが、著者自身に差別的意図はなく、作品自体のもつ文学性ならびに芸術性、また当該作品に関して著者がすでに故人である等の事情に鑑み、原文どおりとしました。

（新潮文庫編集部）

絆《きずな》を紡《つむ》ぐ

—人情時代小説傑作選—

新潮文庫　い - 17 - 90

令和二年二月一日発行

著者　池波正太郎　藤沢周平
　　　滝口康彦　山本周五郎
　　　永井路子

編者　縄田一男

発行者　佐藤隆信

発行所　株式会社新潮社

郵便番号　一六二—八七一一
東京都新宿区矢来町七一
電話　編集部(〇三)三二六六—五四四〇
　　　読者係(〇三)三二六六—五一一一
https://www.shinchosha.co.jp

価格はカバーに表示してあります。

乱丁・落丁本は、ご面倒ですが小社読者係宛ご送付ください。送料小社負担にてお取替えいたします。

印刷・株式会社光邦　製本・株式会社植木製本所

ISBN978-4-10-139736-8 C0193